로크미디어가
유혹하는
재미있는 세상

ROK
MEDIA
로크미디어

개혁군주

개혁 군주 2

2022년 1월 18일 초판 1쇄 인쇄
2022년 1월 21일 초판 1쇄 발행

지은이 이윤규
발행인 김정수 강준규

기획 이기헌 왕소현 박경무 강민구
책임편집 최전경
마케팅지원 배진경 임혜솔 송지유 이영선

발행처 (주)로크미디어
출판등록 2003년 3월 24일
주소 서울시 마포구 성암로 330 DMC첨단산업센터 318호
Tel (02)3273-5135 **편집** 070-7863-8592 **Fax** (02)3273-5134
홈페이지 rokmedia.com　**E-mail** rokmedia@empas.com

개혁군주

이윤규 대체역사 소설 ②

| 영어 할 줄 아는 사람 있어요? |

차례

모두를 이우르려 한다

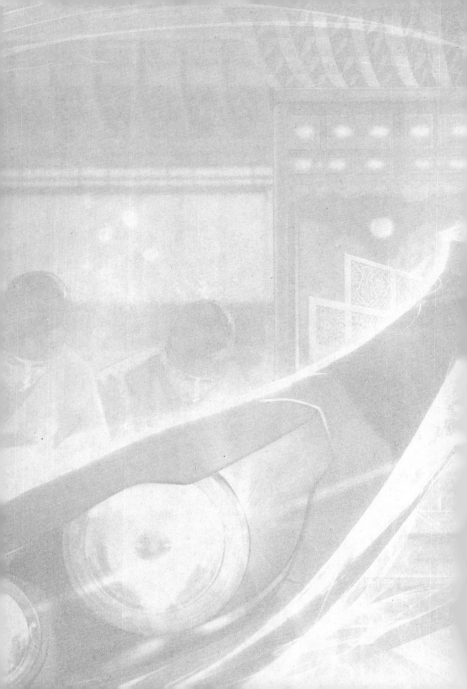

다음 날.

창덕궁 후원, 첫 번째 연못 한쪽에 영화당(暎花堂)이 있다. 이 영화당의 넓은 앞마당이 춘당대다.

이 영화당에 국왕이 중신들과 도착했다. 10월의 서늘한 날씨에도 불구하고 전각의 문이 활짝 열려 있었다.

원자가 석대를 내려와 고개를 숙였다.

"어서 오시옵소서, 아바마마."

"오! 우리 원자가 기다리고 있었구나."

"훈련을 책임진 소자이옵니다. 아바마마와 중신들을 기다리는 건 당연한 일이옵니다."

국왕이 크게 웃었다.

"하하하! 맞다. 진중(陣中)의 일에는 반드시 책임과 의무가 따른다. 아무리 나이가 어린 원자라 해도 이런 점은 반드시 지켜야지."

"명심하겠사옵니다."

원자가 전각 앞으로 다가갔다. 그러고는 공손히 두 손으로 용상을 가리켰다.

"용상에 오르시지요."

"오냐. 고맙구나."

국왕이 전각으로 들어가 용상에 앉았다.

원자의 당당한 모습에 중신들은 하나같이 놀랐다.

중신들도 원자가 바뀌었다는 소문은 들어서 알고 있었다. 그러나 직접 본 적은 이번이 처음이었기에 놀라움은 대단했다.

국왕이 술렁이는 중신들을 제지했다.

"그만! 조용들 하시오. 오늘은 그동안 훈련받은 무관을 사열하는 자리이니 거기에 집중하시오."

국왕의 하교에 주변이 조용해졌다.

이어서 원자가 한 발 앞으로 나서서 낭랑하게 외쳤다.

"지금부터 새롭게 채택된 군사 교범에 따른 시범이 있겠습니다! 훈련 교관들은 앞으로 나오세요!"

원자의 말이 떨어지자 대기하고 있던 무관이 신호를 보냈다. 그것을 본 백동수가 소리쳤다.

"부대, 어깨 총! 앞으로 가!"

무관들이 힘차게 행진했다.

무관들은 오와 열, 발까지 맞추고서 팔을 뻗으며 행진했다. 무관들의 움직임은 마치 한 몸처럼 절도가 있었다.

중신들은 눈이 휘둥그레졌다.

조선군은 발을 맞춘다는 개념이 없다. 거기다 절도 있게 팔을 흔드는 행진은 배우지도 않는다.

중신들은 늘 그런 군대만 봐 왔다. 그래서 제식대로 행동하는 무관들의 모습은 그야말로 경이였다.

"제자리에~ 서! 우향우! 좌우로 정렬!"

"좌우로 정렬!"

무관들이 복창하며 빠르게 줄을 맞췄다.

"전체, 차려!"

무관들을 정렬한 백동수가 몸을 돌렸다.

그것을 본 원자가 다시 나섰다.

"지금부터 주상 전하께 군례를 올리겠습니다. 군례 실시!"

"실시!"

백동수가 복창을 하고는 몸을 돌렸다.

"주상 전하께 대하여, 받들어총!"

"충! 성!"

원자는 군례를 총을 소지한 경우와 그렇지 않은 경우로 나눴다.

열 명의 무관이 목청껏 외치는 군례에 중신들은 깜짝 놀랐다.

백동수도 절도 있게 몸을 돌렸다. 그러고는 차고 있던 칼을 몸의 중심까지 올렸다 힘차게 내렸다.

"충! 성!"

원자가 국왕을 바라봤다.

"무관들이 아바마마께 바치는 군례이옵니다. 아바마마께서는 손을 들어 간단한 답례를 해 주시면 되옵니다."

"오냐! 알았다."

국왕이 손을 들어 답례했다.

그것을 본 백동수가 칼을 다시 바로 하고는 몸을 돌렸다.

"세워총!"

다시 절도 있게 소총이 내려졌다.

원자의 설명이 이어졌다.

"지금부터 제식 시범을 시작하겠습니다. 먼저 총을 소지하지 않은 시범입니다."

"전원, 뒤로 돌아! 소총을 거치한다. 실시!"

무관들은 빠르게 움직였다.

이렇게 시작된 훈련은 각종 제식 자세와 행진, 그리고 소총을 소지한 제식이 이어졌다. 이어서 총검술과 각개전투 시범도 진행되었다.

국왕은 지금까지 간간이 훈련을 참관해 왔다. 그래서 무관들이 바뀐 것은 이미 알고 있었다.

그런데도 정식시범을 보게 되자 대단히 흡족했다. 지금까지 보아 왔던 무관들과는 또 달랐기 때문이다.

중신들도 제식 시범을 보고서 크게 놀랐다. 특히 서유대와 무관들의 놀라움은 경악에 가까웠다.

지금까지는 오합지졸 같은 병력이 전부였다. 그런 무관들에게 오늘은 신천지를 보는 기분이었다.

무관들의 절도 있는 시범이 끝났다. 놀라지 않은 중신들이 없었으며 일부는 몸까지 떨었다.

서유대가 나섰다.

"전하! 이런 훈련 방법은 어떻게 만들어진 것이옵니까? 그리고 저들이 입고 있는 옷은 또 무엇이옵니까?"

국왕이 원자를 바라봤다.

"모두 원자가 개발해 낸 훈련 방식이오."

중신들이 크게 놀랐다.

영의정 홍낙성이 바로 나섰다.

"아니, 이 모든 걸 원자 아기씨께서 만들어 내셨단 말씀이옵니까?"

국왕이 용안을 찌푸렸다.

"영상은 과인이 지금 희언을 하고 있다는 겁니까?"

홍낙성이 급히 몸을 숙였다.

"그것이 아니오라 너무도 황망하여서 그렇사옵니다. 원자 아기씨께서 아무리 영특해지셨어도, 군과 관련된 일을 접하신 경우가 지금까지 없사옵니다."

몇 사람이 동조했다.

국왕이 고개를 끄덕였다.

"나이가 어리면 경험도 일천한 게 보통이니, 그런 생각을 하는 건 당연하겠지. 그런데 이번 시범을 위한 훈련을 누가 진행했는지 모르시오?"

중신들은 그제야 모든 걸 원자가 진행해 왔다는 사실을 상기했다.

"아!"

"지금 같은 제식과 훈련 방식은 과인도 생전 처음이오. 그리고 조총에 저처럼 칼을 꽂아 쓰는 기발한 방식도 원자가 만든 거요."

중신들이 서로를 보며 술렁였다.

서유대가 나섰다.

"정말 대단하옵니다. 병사들을 저처럼 훈련시키면 군기는 물론 전투력도 배가할 수 있을 거 같사옵니다. 그런데 전하."

"말씀해 보시오."

"저들이 입고 있는 복장이 너무도 생경하옵니다. 그리고 신발도요. 저것도 원자 아기씨께서 만드신 것이옵니까?"

원자가 나섰다.

"그래요. 제가 만들었어요."

당당한 원자의 모습에 중신들이 술렁였다.

서유대도 내심 감탄하면서 말을 이었다.

"그렇습니까? 그런데 왜 저렇게 복식을 만든 것이지요?"

"군복의 가장 중요한 목적은 전장에서의 편리함이에요. 그러나 우리 조선의 군복은 모두 넓고 헐렁해서 불편하기 짝이 없어요. 더구나 무관의 융복은 하나같이 색이 밝아 표적이 되기 딱 알맞은 형태지요. 그러나 신식 군복은 그런 허례를 모두 없애 실용적이에요."

이러면서 시작된 신식 군복에 대한 설명은 꽤 오래 진행되었다. 원자는 복장의 부분 부분을 가리키며 정확하게 설명했다.

중신들은 몇 번이나 경탄했다. 옷이 좋고 나쁜 게 문제가 아니었다. 중신들은 거침없이 설명하는 원자의 총명함과 해박함에 놀랐다.

조선군도 군복 개정에 대한 논의가 몇 번이나 있었었다. 그러나 그때마다 미풍양속을 해친다는 반대에 부딪히며 실패했다.

그런데 원자가 먼저 군복을 만들었다. 그러고는 시범을 보이고서 실용성을 하나 설명했다.

새로운 군복은 누가 봐도 효용성이 있었다. 그 바람에 누구도 이의를 제기하지 못했다.

적당한 시기에 국왕이 나섰다.

"새 군복은 과인이 봐도 실용적이오. 허나 모든 군영에 보급하려면 여러 가지 문제가 있소이다. 그래서 우선은 강화도의 장용영부터 보급할 계획이오."

서유대가 동조했다.

"소장도 그게 좋을 것 같사옵니다. 아무리 편하고 유용해도 너무 급하면 의외로 반발이 많이 나올 수가 있사옵니다. 우선은 대외 접촉이 금지되는 강화도 병력부터 적용하면서, 차츰 보급을 늘려 나가는 게 상수이옵니다."

놀라운 일이 일어났다.

군복 교체는 결코 작은 일이 아니다. 여느 때였다면 반대가 들끓고도 남았다.

그런데 놀랍게도 반대하는 목소리가 나오지 않았다. 오히려 찬성하는 목소리가 계속해서 늘어났다.

국왕은 중신들의 반응을 살폈다. 그러다 문득 이런 반응이 나온 이유를 짐작했다.

원인은 당연히 원자였다.

아무리 권력욕의 화신이라고 해도 다섯 살의 원자를 상대할 수는 없었다. 더구나 결과만 놓고 봤을 때는 추궁은커녕 칭찬이 부족할 정도였다.

국왕이 고개를 돌렸다. 그러다 자신을 보기 위해 고개를 돌리는 원자와 눈이 마주쳤다.

원자가 정중히 허리를 숙였다. 국왕은 흐뭇해하며 원자에게 몇 번이고 고개를 끄덕였다.

한양이 뒤집혔다.

춘당대에서의 시연은 발보다 빠른 사람의 입을 통해 순식간에 사방으로 퍼져 나갔다. 각종 제식훈련과 총검술, 그리고 신식 군복과 가죽 군화로 인해 난리가 났다.

그러나 소문의 정점은 원자였다.

원자의 총명함은 몇 개월 전부터 급속히 알려지고 있었다. 그런데 군사 개혁을 직접 주도한 게 알려지면서 놀라지 않는 사람이 없었다.

❀

마포 나루는 언제나 사람들로 북적였다. 그런 나루에서 보부상이 드나드는 객주는 사람이 더 많다.

그런 객주에 오늘따라 사람이 더 몰렸다.

보부상 도반수 홍무원이 너털웃음을 터트렸다.

"하하하! 어서 오시오."

"오랜만에 뵙습니다, 도반수님. 그동안 잘 지내셨습니까?"

"강바람 맞고 사는 게 어제오늘이 아니어서 늘 여전하지요. 그나저나 평안도는 요즘 어떻습니까?"

평안도 도접장 박동석이 고개를 저었다.

"흉년이어서 백성들이 먹고살기가 쉽지 않습니다. 그 바람에 장시가 제대로 서지 않을 지경이랍니다."

홍무원이 한숨을 내쉬었다.

"후! 큰일이네요. 삼남도 양곡 소출이 좋지 않다고 하던데, 평안도도 그렇군요."

"이러다 상행도 못할까 걱정입니다."

"그럴 리야 있겠소이까? 전시에도 우리 보부상은 장사를 했는데요."

"그렇기는 하지만……."

홍무원이 말을 중단하며 권했다.

"자 자! 시간이 많아요. 예서 이러지 마시고, 어서 안으로 들어갑시다."

박동석이 들어가고 나서도 몇 사람이 더 왔다. 홍무원은 밖에서 그들이 올 때까지 기다렸다.

홍무원의 객주는 규모가 커서 본채와 별채가 나뉘어 있었다. 그런 별채에서는 오늘 보부상의 팔도 도접장이 모여 회합을 했다.

홍무원이 이 회합을 주재했다.

"오늘의 회합은 사발통문에 밝힌 대로 왕실의 요청 때문이오."

이어서 원자와의 만남을 설명했다.

"……그래서 여러분들을 모시게 된 것입니다."

홍무원이 원자가 준 상자를 탁자에 올렸다.

"이게 이번에 원자 아기씨께서 만드신 연필과 자동연필이외다."

사람들이 다투어 두 물건을 살폈다. 이들은 직접 연필을 깎아 써 보기도 하고, 자동연필도 조작해서 사용했다.

"역시 소문대로 대단한 물건입니다."

"그러게 말입니다. 이 물건을 우리가 독점한다면 큰 이문을 남길 수 있겠습니다."

　홍무원의 손이 올라갔다.

"원자 아기씨께서는 절대 일정 이상의 이문을 남기지 말라고 했소이다. 그러니 너무 과한 욕심을 부려서는 아니 되오. 그리고 이문의 일정 부분은 왕실에 세금으로 납부를 해야 하고요."

　모두가 고개를 끄덕였다.

　한 사람이 나섰다.

"황해도 도접장 장우영입니다. 사발통문에는 연필 공장을 각 도마다 만든다고 했습니다. 그러면 자동연필은 어떻게 되는 겁니까?"

"자동연필은 강화에다 공장을 만든다고 하셨소이다."

　강화라는 말에 모두가 눈을 빛냈다. 장우영이 모든 사람의 궁금증을 대신해서 질문했다.

"도반수님. 강화도가 왕실 직할령이 된다는 게 사실입니까?"

　홍무원의 고개가 저어졌다.

"거기에 대해서는 따로 들은 말은 없소이다. 그러나 소문이 그러하니 왕실 직할령이 되는 게 틀림없는 것 같소이다."

"왕실 직할령이 되면 외부 사람의 출입이 통제된다고 들었습니다. 우리는 어떻게 되는 거지요?"

홍무원이 껄껄 웃었다.

"하하하! 걱정 마시오. 우리는 왕실 직할 상단에 소속될 거요. 그런 우리야 당연히 출입하는 데 문제가 없을 거 아니겠소?"

홍무원은 원자에게 들은 계획을 사람들에게 설명해 주었다. 그 말을 들은 보부상들이 눈을 빛냈다.

"……우리 보부상은 건국에 큰 역할을 했소이다. 그래서 몇 개의 물목을 독점하게 되었고요. 그런 기회가 이번에 또 왔소이다. 그러니 우리는 모두 힘을 합해 왕실에 충성합시다. 그러면 주상 전하와 원자 아기씨께서는 우리의 충정을 절대 잊지 않겠다고 약조하셨소이다."

그가 연필과 자동연필을 들었다.

"이걸 보시오. 우리가 먼저 충성하지 않았음에도 왕실은 이렇게 먼저 우리를 챙겨 주셨습니다."

도접장들이 하나같이 고개를 끄덕였다.

"앞으로 원자 아기씨께서는 여러 신제품을 개발하신다고 했어요. 그런 신제품 대부분을 우리가 독점으로 취급하게 해 주신다고 약속하셨고요."

평안도 도접장 박동석이 벌떡 일어났다.

"그게 정말입니까? 두 분 마마께서 우리를 그토록 챙겨 주신다고 하셨습니까?"

"그렇소이다. 그러니 우리가 무엇을 해야 하겠습니까? 오로지 왕실에 충성하면 됩니다."

"아아! 이런 광영이 다 있나!"

박동석이 탄성을 터트렸다. 황해도 도접장 장우영도 말로 동조하지는 않았으나 두 주먹을 움켜쥐었다.

보부상들은 무거운 짐을 지고 들며 발품으로 먹고사는 사람들이다. 이들의 상행은 워낙 일이 힘들어 길에서 죽는 사람도 허다했다. 오죽했으면 상규에 길에서 죽은 동료를 거두어서 장사 지내라는 규정까지 있을 정도였다.

이런 보부상에게 원자의 배려는 그야말로 하늘에서 들려온 옥음이나 다름없었다.

장우영의 목소리가 물기에 젖었다.

"우리 보부상은 본래부터 왕실에 충성을 해 왔습니다. 그래서 지금껏 먹고살아 왔고요. 그런 우리에게 또다시 이런 은혜를 베풀어 주시다니요. 목숨을 바쳐서라도 왕실에 충성할 따름입니다."

"옳은 말씀입니다."

여기저기서 왕실을 칭송하는 소리가 들렸다. 분위기가 격해지자 홍무원이 나섰다.

"여러분! 우리의 결의를 보여 줍시다."

홍무원이 종이를 탁자에 올렸다.

"우리의 충성 맹세를 문서로 작성해 원자 아기씨께 제출합시다. 그리고 나서 그분의 지시를 따르도록 합시다."

　　　　　　　　　　　❀

　그의 제안에 따라 문서가 작성되었다.

　작성된 문서는 다음 날 원자에게 전해졌다. 원자는 사발통
문 형식으로 작성된 문서를 보며 웃었다.

　"하하! 이렇게 하지 않아도 되는데."

　김 내관이 웃으며 거들었다.

　"보부상들이 열의가 충만한 듯하옵니다. 저들도 이번에
추진하는 계획이 얼마나 큰 파급력을 가졌는지 모르지 않을
것이옵니다."

　"그러겠지. 나 혼자도 아니고 아바마마와 함께 하는 일이
니, 신뢰감이 대단하겠지."

　"그렇사옵니다. 그리고 곧 있으면 조정도 이러한 분위기
에 동참할 거 같사옵니다."

　원자가 놀라 반문했다.

　"무슨 소리를 들은 게 있어?"

　"전하께서 상무사의 실무를 담당할 관리를 면담하시지 않
습니까? 거기에 의외로 많은 사람이 자원할 거란 소문이 돌
고 있사옵니다."

　원자가 고개를 갸웃했다.

개혁군주

"상무사는 상단을 관리하고 대외 교역을 관리하는 게 임무야. 그런 상무사에 지원자가 많다고?"

"아마도 두 분 마마께서 상무사 설립을 주도하는 영향인 거 같사옵니다."

원자는 묘한 기분이 들었다.

'상업을 천시하던 양반들이 상무사에 관심을 보이다니. 여기서도 사람들이 성공을 위해서 물불 가리지 않는 경향이 있나?'

김 내관이 조심스럽게 말을 이었다.

"이번에 원자 아기씨가 어떤 분이신지가 알려졌습니다. 주상 전하께서도 개혁에 노력하시지만, 원자 아기씨께서는 그보다 훨씬 더 개혁적이라는 것을 말입니다."

원자의 고개가 절로 끄덕여졌다.

"그랬겠지. 모든 일이 나로부터 시작되었으니 모르는 게 오히려 이상한 일이지."

"그런 원자 아기씨께서 처음으로 추진하시는 과업입니다. 관리들은 명예와 영달(榮達)을 지향하는 사람들입니다. 그런 관리들이 기회를 놓치려 하지 않는 건 어쩌면 당연한 일입니다."

원자의 머릿속이 번쩍했다.

원자가 벌떡 일어났다.

"어디를 가시려고 하옵니까?"

"내가 생각을 잘못하고 있었어. 지금 당장 아바마마를 뵈어야겠어."

김 내관이 급히 만류했다.

"아기씨, 주상 전하께서 어디 계신지를 먼저 확인해야 하옵니다. 그러니 잠시 기다려 주시옵소서."

원자가 풀썩 주저앉았다.

"알았어. 기다리고 있을 터이니 어서 가서 뵙기를 청하도록 해."

"예, 아기씨."

그리고 얼마 후.

부자가 마주 앉았다.

"허허! 우리 원자가 아비를 먼저 찾다니. 무슨 일이 있는 게냐?"

원자가 주춤거리자 국왕이 바로 손짓을 했다.

"원자와 따로 할 말이 있으니 잠시 자리를 비키도록 하라."

사람들이 물러간 것을 확인한 원자가 자책했다.

"소자가 너무 어리석은 생각을 했사옵니다."

국왕이 놀랐다.

"무슨 일이 있는 게냐? 네가 정신을 차린 이후 매사에 당당했었는데 왜 이렇게 자책을 하는 거냐?"

"소자는 상무사를 개혁 성향을 가진 사람들로 채우려 했사옵니다."

"그랬지. 그래서 너를 돕기 위해 거기에 맞는 인사들을 아비가 따로 추리고 있지."

"그런데 소자가 정말 큰 문제를 간과하고 있었사옵니다."

국왕이 고개를 갸웃했다.

"무엇을 간과했다고 그러느냐?"

"조정의 관리들은 개혁 인사든 보수 인사든 전부 아바마마의 신하들입니다. 그리고 그들 중 상당수는 훗날 소자의 신하가 될 것이고요."

"젊은 관리들은 당연히 그렇게 되겠지."

"소자는 그런 신하들을 차별하고 있었사옵니다."

국왕이 용안이 커졌다.

원자가 무슨 말을 하는지 바로 알아들었기 때문이다. 그러나 그런 생각을 드러내지 않고 조심하면서 원자를 부추겼다.

"왜 그런 생각을 하는 게냐?"

"다 같은 신하입니다. 아바마마께서는 즉위하시고 지금까지 탕평을 해 오셨사옵니다. 그런데 소자는 어리석게도 일을 시작하기도 전에 그들의 성향을 놓고 편가르기부터 하고 있었사옵니다."

국왕이 크게 웃으려고 했다. 그러나 표정 관리를 하면서 다시 확인했다.

"우리 원자가 그런 생각을 했단 말이더냐?"

"예, 아바마마. 개혁은 세상을 바꾸는 일이옵니다. 모든 백성을 더불어 잘 살게 하기 위해서요. 아바마마께서 탕평을 시행하는 까닭도 모두와 함께하고자 함이옵니다. 그런데 소자는 어리석게도 처음부터 사람을 덜어 내려 했사옵니다. 사람을 채워 넣어도 부족한데도 말입니다."

국왕이 드디어 가가대소했다.

"하하하! 대단하구나. 맞다. 마땅히 군주는 사람을 채워야지, 덜어 내면 아니 되는 법이다. 그게 나와 성향이 같지 않다 해도 인재라면 마땅히 옆자리를 내주어야 한다."

이런 국왕이 흐뭇한 표정을 원자를 바라봤다.

"우리 원자가 벌써 그런 생각을 해내다니 놀랍고도 기쁘구나. 옳은 말이다. 아비가 탕평을 시행하는 까닭은, 시시비비는 분명히 가리되 더불어 다 잘되게 하기 위함이다. 그런 아비의 뜻을 네가 알게 되었다니 참으로 다행이구나."

흡족해하던 국왕이 반문했다.

"그러면 앞으로 일을 어떻게 진행했으면 좋겠느냐?"

"공표해서 공정하게 선발하겠사옵니다."

"보수 성향을 가진 자가 선발되면 문제가 되지 않겠느냐?"

세자가 생각을 밝혔다.

"직원을 모집하는데 성향은 큰 문제가 되지 않사옵니다. 그리고 보수적인 사람은 대외 교역이 시작되면 먼저 바깥으로 내보내겠습니다. 그래서 직접 외국인들과 부딪혀 보면,

갖고 있던 생각이 크게 바뀔 것이옵니다."

국왕이 우려했다.

"공연한 일을 만드는 거 같구나. 일을 공연히 어렵게 할 필요가 있겠느냐?"

원자가 분명하게 밝혔다.

"어렵다고, 생각이 다르다고 해서 그들을 버릴 수는 없사옵니다. 그들도 아바마마의 백성이며 조선의 동량들이옵니다."

국왕이 다시 크게 웃었다.

"하하하! 맞다. 성향이 다를 뿐이지, 모두가 조선의 백성이며 나라의 동량들이 맞다."

원자가 문제도 지적했다.

"하오나 당파를 앞세우는 사람들은 반드시 가려낼 것이옵니다."

"그 문제는 네 생각대로 하여라."

"감사하옵니다."

국왕이 잠시 원자를 바라봤다. 그러던 국왕이 크게 고개를 끄덕였다.

"아비는 얼마 전까지 너를 많이 걱정했었다."

원자가 공손히 몸을 숙였다.

"소자가 그때는 너무 유약했었사옵니다."

"그렇다. 그래서 중신들이 세자 책봉을 주청해도 아비는 받아들이지 않았다. 아비가 왜 그랬는지 원자는 짐작하겠느냐?"

"소자의 심성이 너무 여렸사옵니다. 그래서 중책에 대한 부담을 이겨 내지 못할 것을 성려하셨을 것 같사옵니다."

국왕이 크게 고개를 끄덕였다.

"맞다. 아비는 네가 중압감을 이겨 내지 못할까 저어했다. 세자는 다음 대 보위를 잇는 자리다. 그런 중임을 감당하지 못하면 자칫 정신까지 흐트러질 수가 있다. 그래서 주저했었는데, 오늘 보니 이제 그런 걱정은 하지 않아도 될 것 같구나."

세자가 몸을 숙였다.

"황망하옵니다. 소자는 아직은 갖춰야 할 덕목을 제대로 쌓지 못했사옵니다. 나이도 아직 많이 어리고요."

국왕이 고개를 저었다.

"아니다. 덕목은 네가 세자가 된 후에 쌓고 연마해도 충분하다. 그리고 강화와 상무사의 일을 추진하려면 네 지위가 확고한 게 좋다."

"그렇기는 하오나……."

국왕이 궁금해했다.

"무엇을 걱정하는 게냐?"

원자가 우려를 숨기지 않았다.

"세자가 되면 일정이 너무 많사옵니다. 거기다 공부도 하루 종일 해야 하고요. 그런 일정을 소화하다 보면 다른 일을 보기 어려울 거 같아서요."

국왕이 약속했다.

"너의 학문은 벌써 사서오경을 익히고 있다. 네 나이에 그 정도의 학문이면 어디에 내놔도 부끄럽지 않을 정도다. 아비는 그래서 네 공부 시간을 대폭 줄여 주려고 한다."

"아! 그렇사옵니까?"

"그리고 상무사의 일도 네가 직접 관장할 수 있도록 조치해 주겠다."

원자가 눈을 빛냈다.

"황감하옵니다. 그렇게만 해 주신다면 소자, 더 바랄 게 없사옵니다."

국왕이 기뻐하는 원자를 흐뭇하게 바라봤다.

"불원간 책봉식을 거행할 터이니 마음의 준비를 해 두도록 해라."

원자가 다짐했다.

"소자, 열과 성을 다해 아바마마의 기대에 부응할 수 있도록 노력하겠사옵니다."

국왕이 또다시 크게 웃었다.

"하하하! 오냐. 부디 그렇게만 해 다오."

원자를 돌려보낸 국왕이 중전을 찾았다.

중전이 국왕의 용안을 보고 먼저 물었다.

"전하! 무슨 좋은 일이 있으시기에 용안이 밝사옵니까?"

"중전, 길일을 택해 세자를 책봉했으면 합니다."

왕비가 반색을 했다.

"드디어 결정을 하셨사옵니까?"

"그렇소이다."

국왕이 원자를 만난 사실을 설명했다.

"오오! 놀랍사옵니다. 우리 원자가 그런 생각까지 했다니요."

"과인도 그 말을 듣고 깜짝 놀랐소이다."

왕비가 흐뭇한 미소를 지었다.

"일일신 우일신이라고 하더니, 원자가 하루가 다르게 성장하는 거 같사옵니다. 신첩은 요즘 원자 생각만 하면 절로 미소가 지어지옵니다."

국왕이 너털웃음을 터트렸다.

"허허허! 과인도 그렇소이다. 세자 책봉을 서두를 날이 올 거라고는 생각조차 못 했어요. 지금의 원자는 기대를 훌쩍 뛰어넘을 정도로 잘 자라고 있어요. 후사를 전혀 걱정하지 않을 정도로요."

"모두가 나라의 홍복이옵니다."

"허허허! 맞아요. 나라의 홍복이고말고요."

"할마마마와 어마마마께도 고하셔야지요?"

"그럽시다. 중전이 과인과 함께 고하러 갑시다."

"예, 전하."

왕실의 큰 우환이 없어져서인지, 국왕 부부의 목소리가 그 어느 때보다 밝았다.

개혁군주

세자 책봉과 산술의 혁명

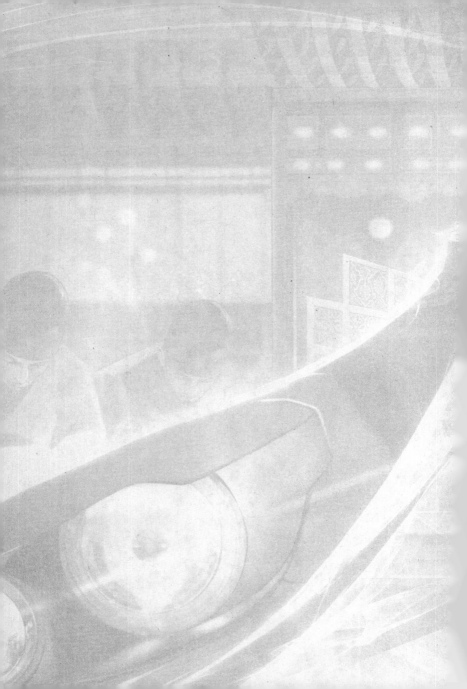

　다음 날.

　국왕은 편전에서 세자 책봉 결심을 밝혔다. 그러고는 길일
을 택해 책봉 의례를 거행하라고 지시했다.

　이미 몇 차례 신하들이 세자 책봉을 주청했다. 그래서 국
왕의 세자 책봉 결정은 조금도 문제가 되지 않았다.

　국왕의 하나뿐인 아들이다. 더구나 뛰어난 역량을 갖추고
있는 것이 널리 알려진 상황이었다.

　대소 신료들은 크게 환영했다.

　세자 책봉식은 국가 대사로 책례도감(册禮都監)이 먼저 만들
어졌다.

　그리고 십 일 후.

세자 책봉식이 거행되었다.

세자 책봉은 대부분 봄에 거행된다.

세자는 나라의 근본이어서 봄으로 상징된다. 그래서 세자가 머무는 처소를 동궁이라 부르고, 세자시강원을 달리 춘방(春坊)이라 부르기도 한다.

그러나 이번에는 달랐다.

원자의 능력을 확인한 국왕의 지시로 10월 하순에 거행되었다. 그만큼 원자가 달라졌으며, 원자가 하려는 일에 힘을 실어 주고 싶어서였다.

창덕궁 인정전.

드넓은 마당 가득 만조백관이 의관을 정제하고 도열했다. 인정전 2단의 월대에는 국왕과 왕대비를 비롯한 내명부 여인들이 좌정했다.

장엄한 아악과 함께 책봉식이 시작되었다. 인정문에서 대기해 있던 원자가 당당히 걸어 들어왔다.

원자는 처음으로 면복(冕服)을 입었다.

주변의 도움도 받지 않고 걷는 원자의 당당함에 만조백관은 하나같이 감탄했다.

이윽고 월대에 도착한 원자가 홀을 들고 길게 읍했다.

국왕이 흐뭇한 표정으로 지시했다.

"원자는 이리 올라오라."

아직 다리가 짧은 원자였다. 그 바람에 계단을 오르는 데는 내관들의 도움을 받아야 했다.

원자가 계단을 올라 국왕 앞에 섰다. 국왕이 책례교문(册禮敎文)을 반포했다.

교문은 도승지가 대독했다.

"과인은 이르노라. 생각건대 세자를 세워 적통을 수립하는 일은 하늘이 주신 천명이다……. 이에 과인은 너를 왕세자로 명한다."

국왕이 책봉 교지를 받아서 건넸다. 내관이 그것을 대신 받아 사은하자, 국왕이 직접 하교했다.

"세자가 된다 함은 새로운 삶을 사는 거나 다름없다. 그래서 오늘부터 휘(諱)를 공(珙)으로 바꿔 부를 것이며, 자(字)를 공보(公寶)라 하라."

세자가 깜짝 놀랐다. 국왕이 지어 준 자가 자신의 전생 이름이었기 때문이다.

국왕이 의아해했다.

"왜, 휘와 자가 이상하냐?"

"아니옵니다."

"세자로 책봉되면 나이에 상관없이 관례를 치러야 한다. 관례를 치르면 성인으로 대접을 받게 되고, 그러면 이름보다 자(字)를 쓰는 게 상례다. 그러니 세자는 앞으로 이 점을 유념하도록 해라."

"명심하겠사옵니다."

이어서 세자의 상징물인 죽책(竹冊)과 옥인(玉印)을 하사받았다.

"이제부터 너는 조선의 세자다……."

국왕의 덕담이 한동안 이어졌다. 이어서 왕대비와 혜경궁 홍씨, 그리고 중전이 덕담을 했다.

인사와 덕담을 들은 세자가 몸을 돌렸다. 그러자 만조백관이 처음으로 세자에게 절을 했다.

그렇게 책봉 의식이 끝났다.

책봉 의식을 마친 세자가 종묘를 찾았다. 그러고는 열성조께 제례를 봉행했다. 이렇듯 종묘에 고하는 것으로 세자 책봉은 끝났다.

동궁으로 돌아온 세자를 김 내관이 반겼다.

"하례드리옵니다, 저하."

보모 상궁은 눈물까지 글썽였다.

"세자 저하! 하례드리옵니다."

"고마워요, 유모. 그리고 김 내관도 그동안 고생 많았어. 앞으로도 많이 도와주도록 해."

김 내관이 깊게 몸을 숙였다.

"성심을 다해 받들겠사옵니다."

대기하던 상궁 나인들이 다가왔다. 그러고는 면복을 벗기고서 일상복인 용포를 입혀 주었다.

보모 상궁이 흐뭇해했다.

"아주 의젓하시옵니다."

세자는 익선관이 어색해 몇 번이고 만졌다.

그것을 본 보모 상궁이 웃으며 다독였다.

"처음에는 불편하실 것이옵니다. 허나 이내 익숙해질 터이니 너무 신경 쓰지 마시옵소서."

"신경을 쓰지 않으려고 해도 영 어색해."

"호호호! 시간이 해결해 줄 일이옵니다. 그보다 내일부터 규칙적인 생활을 해야 하는 건 아시지요?"

세자가 한숨을 내쉬었다.

"후! 생각만 해도 답답한 기분이 들어. 해야 할 일도 하나둘이 아닌데 말이야."

김 내관이 위로했다.

"전하께서 주강과 석강을 금하셔서, 그래도 다른 일을 보실 틈은 많을 것이옵니다."

"그건 그래."

보모 상궁이 권했다.

"저하, 이제 그만 일어나시지요. 오늘의 저녁 문후는 어른들께 사은도 해야 해서 조금 일찍 시작하셔야 합니다."

"알았어."

세자가 되고 처음으로 행하는 저녁 문후였다. 왕대비를 시작으로 인사를 이어 갔다.

그러다 생모인 수빈 박 씨의 처소에 이르렀다.

"어서 오세요, 세자."

수빈이 환하게 웃으며 세자를 반겼다. 그런 수빈의 옆에는 눈을 반짝이며 옹주가 앉아 있었다.

수빈에게 절을 한 세자가 옹주를 바라봤다. 옹주가 벌떡 일어나 달려와 안겼다.

"오라버니."

"숙선아, 그동안 잘 지냈어?"

"예, 오라버니."

드넓은 대궐에 아이라고는 세자와 옹주 달랑 둘뿐이다. 그래서 옹주는 세자만 보면 좋아서 어쩔 줄을 몰라 했다.

"오늘요……."

세자 앞에 앉은 옹주가 재잘재잘 떠들었다. 세자는 이런 옹주를 귀여워하며 말을 받아 주었다.

수빈이 그 모습을 흐뭇하게 바라봤다. 그렇게 얼마의 시간이 지나고서야 제지했다.

"숙선아, 이제 그만해라. 세자 오라버니가 주상 전하께 문후 여쭈러 가야 한다."

한참 떠들던 숙선 옹주가 시무룩해졌다.

"예, 어마마마."

세자가 숙선 옹주의 머리를 쓰다듬었다.

"어마마마 말씀 잘 들어. 그러면 오라버니가 재미있는 장난감을 만들어 줄게."

개혁군주

숙선 옹주가 환호했다.

"정말이지요, 오라버니?"

"그럼. 정말이고말고."

"아이, 신나! 그러면 지난번처럼 자동차를 만들어 주세요."

"알았어. 이번에는 네가 탈 수 있을 만큼 큰 걸 만들어 주마."

"이야! 신난다."

수빈은 남매를 행복하게 바라봤다.

동생과 대화를 마친 세자가 인사를 했다.

"소자를 잘 키워 주셔서 감사하옵니다. 어마마마 덕분에 소자가 오늘 세자가 되었사옵니다."

"아니에요. 이 모두가 세자 스스로 얻은 일이지, 어미는 달리 해 준 게 없어요."

"어마마마가 계셔 주신 것만 해도 저에게는 큰 힘이 되옵니다. 그러니 언제까지라도 건강하셔야 하옵니다."

수빈이 환하게 웃었다.

"알겠습니다. 세자를 위해서라도 꼭 건강을 챙기지요."

생모와 잠시 대화를 나누던 세자가 대조전을 찾았다. 중전의 침전인 대조전에는 국왕 내외가 기다리고 있었다.

세자가 큰절을 했고, 몇 마디 덕담이 오갔다. 그런 덕담이 끝나고 국왕이 현안을 꺼냈다.

"상무사 관원 모집을 공표했다. 얼마나 많은 사람이 관심을 가질지 모르지만, 앞으로 많은 사람을 만나야 할 게다. 세자는 거기에 따른 준비를 미리 해 놓도록 해라."

"예, 아바마마. 그런데 상무사는 어디에 두려고 하시옵니까?"

"아무래도 네가 관여할 일이 많으니, 세자익위사와 함께 하는 게 좋을 듯하구나."

"궐내 각사에 두시려고요?"

국왕이 고개를 저었다.

"거기보다는 네가 움직이기 편하게 동궁에 딸린 전각을 사용하는 게 좋겠다."

세자가 놀랐다.

"대궐 안에 외부 조직을 설치한 경우는 없었사옵니다."

"물론 없었지. 그러나 이번은 극히 예외로 설치하려고 한다."

국왕이 세자를 똑바로 바라봤다.

"아비가 이런 파격을 행하는 까닭은 바로 세자 너 때문이다."

"소자가 너무 어려서 그렇사옵니까?"

"그게 가장 중요한 원인이지. 어린 네가 일을 본다고 궐 밖 출입을 하게 놔둘 수는 없지 않겠느냐. 그리고 이유는 그뿐이 아니다."

"다른 이유는 또 무엇이옵니까?"

"이번 기회에 왕실이 상업 발전에 힘을 기울이고 있다는 점을 널리 알리려고 한다. 그래서 평시서(平市署)의 권한도 대폭 증대시킬 것이다."

세자는 우려했다.

"아바마마께서 상업을 직접 챙기시면 조정에서 문제를 삼지 않겠사옵니까?"

국왕이 웃었다.

"허허허! 이전이었다면 시끄러웠겠지. 허나 지금은 크게 문제가 될 거 같지가 않구나."

세자가 바로 알아들었다.

"소자 때문이옵니까?"

"그렇다. 이번에 상무사의 설립도 네가 주도하고 있다는 걸 모르는 사람이 없다. 아무리 상업을 천시하는 중신들이지만, 어린 너를 상대로 옳고 그름을 따질 수는 없지 않겠느냐?"

"하오나 아바마마께는……."

국왕이 손을 들어 제지했다.

"걱정 마라. 앞으로 힘든 일은 아비가 전부 막아 줄 터이니, 네 마음껏 뜻을 펼쳐 보도록 해라."

"아바마마."

"네 말대로 부국강병을 위해서는 자강불식해야 한다. 그러려면 상공업도 적극 진흥해야 한다. 나라를 살찌우고 백성의 어려움을 덜어 주기 위해 상무사를 창설했다. 이런 아비가 무엇을 두려워하겠느냐."

세자가 몸을 부르르 떨었다. 다른 날보다 더 국왕의 결의가 느껴지면서, 아들을 생각하는 아버지의 심정도 고스란히 느껴졌다.

세자가 일어나 큰절을 했다.

"하해와 같은 성은에 감읍하옵니다. 소자, 아바마마의 성은에 보답하기 위해서라도 반드시 성공하겠사옵니다."

국왕은 세자의 다짐을 받은 적이 있었다. 그러나 왕비는 이런 세자의 다짐에 크게 놀랐다.

"오오! 우리 세자가 참으로 대견하구나. 앞으로 어미도 너의 일을 적극 도와주겠으니, 필요한 게 있으면 언제라도 말을 해라."

"황감하옵니다, 어마마마."

왕비가 크게 웃었다.

"호호호! 어쩜 이리 대견할까? 전하. 이런 세자를 보니 빨리 세자빈을 보고 싶사옵니다."

세자가 펄쩍 뛰었다.

"어마마마, 소자 아직 어리옵니다. 황망한 말씀 거두어 주시옵소서. 소자 아직 어리옵니다."

세자의 당황한 모습에 국왕이 대소했다.

"하하하! 신경 쓰지 마라. 적어도 열 살이 넘기 전에는 너를 장가보내지 않으마."

세자가 목소리를 떨었다.

"열, 열 살도 어린 나이옵니다. 혼사는 그때도 너무 이르옵니다."

세자가 목소리까지 떨며 당황해했다.

그 모습을 본 국왕과 왕비가 크게 웃었다.

"하하하!"

"호호호!"

세자는 두 사람의 웃음에 연신 땀을 훔쳤다.

그 모습을 본 국왕 부부는 더 크게 웃었다.

대조전에 들어와 있던 내관과 여관들도 하나같이 미소를 지었다. 늘 조용했던 대조전에서 모처럼 웃음꽃이 활짝 피었다.

❀

다음 날.

아침 문안을 다녀온 세자는 아침을 먹고는 잠시 휴식했다. 그러고는 내관의 안내를 받아 성정각으로 내려갔다.

세자로서 첫 수업을 듣기 위해서였다.

세자시강원 최고 지위는 사(師)와 부(傅)다. 사와 부는 각각 정승들이 겸임한다.

그다음 지위가 이사(貳師)로, 의정부 찬성 중 한 명이 겸임한다. 방 안에는 이들 세 사람이 먼저 와서 기다리고 있었다.

방으로 들어간 세자가 공손히 고개를 숙였다.

"사부님들께서 먼저 기다리고 계셨네요. 늦어서 송구합니다."

방 안의 세 사람은 세자의 인사에 놀랐다.

좌의정 채제공이 환하게 웃으며 세자를 반겼다.

"어서 오십시오, 저하. 저희가 먼저 온 것이지, 저하께서 늦으신 게 아니옵니다."

우의정 유언호도 동조했다.

"그렇사옵니다. 시강원의 첫 수업이어서 저희가 먼저 와 있었던 것뿐이옵니다."

이어서 다른 사람도 동조했다.

세자가 스승을 맞는 예로 큰절을 했다. 흐뭇하게 그 절을 받은 채제공이 자신들을 소개하며 수업이 시작되었다.

"오늘은 첫날입니다. 그래서 앞으로의 수업에 대한 대강을 살펴보려고 합니다."

"그렇게 하세요."

시강원의 사부들은 세자에 대한 소문을 모르지 않았다. 하지만 세자를 직접 만나 대화하거나 토론해 본 적은 없었다.

그래서 처음에는 기초 교재부터 펼쳤다. 그러나 사부들이 놀라는 건 불과 얼마 걸리지 않았다.

유언호가 탄성을 터트렸다.

"대단하군요! 사자소학이나 동몽선습을 모조리 통달하셨어요. 거기다 《논어》와 《대학》까지 익히셨다니요."

세자가 겸양했다.

"《논어》와 《대학》을 전부 익히려면 아직 많은 시간이 필요합니다."

이 말에 사부들이 더 감탄했다.

채제공이 너털웃음을 터트렸다.

"허허허! 나라의 홍복입니다. 이토록 명민한 세자를 우리가 모실 수 있으니 말입니다."

다른 사람도 덩달아 덕담을 했다.

첫 수업은 이렇게 세자의 학문 수준을 파악하는 것에서 끝났다.

"수고하셨습니다."

"예. 저하께서도 고생 많으셨습니다."

시강원의 사부들이 방을 나갔다.

세자시강원은 이들 세 명의 사부와, 빈객(賓客)이란 이름으로 판서와 참판급의 스승 두 명을 더 둔다.

여기에 실직으로 종3품 보덕(輔德)부터 정7품 설서(設書)를 둔다. 국왕은 이런 실직들을 전부 초계문신(抄啓文臣) 출신들로 임명했다.

이뿐이 아니었다.

세자를 호위하는 세자익위사는 정5품 아문이다. 이런 익위사에는 열네 명의 관리와 열세 명의 서리와 사령, 군사가 있다.

국왕은 이들 모두를 장용영의 무관과 병사들로 임명했다. 이와 같은 임명에 조정이 술렁였다.

익위사는 고위 관료의 자제 중 품행과 덕망이 높은 사람을 선발해 왔다. 이런 선발을 하는 것은 다 이유가 있었다.

선발된 관리들 대부분은 장차 세자와 함께 국정을 이끌어 가게 된다. 그런 인사들을 세자 시절부터 교류하며 인연을 쌓아 가도록 배려해 온 것이다.

그런데 국왕이 전통을 무시하고 장용영의 무관과 병사로 전부 임명했다. 그러고는 익위사를 세자의 실질적인 호위 기관으로 만든다고 했다.

세자도 이런 인선에 상당히 놀랐다. 그러나 이게 의외로 좋은 기회임을 놓치지 않았다.

동궁 공터에서 세자와 이들이 처음 만났다.

세자가 익위사의 무관들을 둘러봤다. 대부분 20대였으며, 하나같이 기개가 출중했다.

보는 것만 해도 가슴이 훈훈해졌다. 놀랍게도 이들은 신식 군복을 갖춰 입었고, 제식도 이미 익히고 있었다.

군례가 끝나고 무관이 나섰다.

"세자 저하께 저희를 소개해 올리겠사옵니다. 먼저 소장은 익위사의 좌익위를 맡게 된 이원수라고 합니다."

좌익위는 익위사에서 가장 고위직이었다.

"오! 그대가 좌익위로군요. 앞으로 잘 부탁해요."

"성심을 다해 받들겠사옵니다."

이어서 다른 무관과 관원, 병사들을 소개했다. 세자는 일개 병사까지 인사를 시키는 그의 태도에 깊은 인상을 받았다.

세자가 입을 열었다.

"계방(桂坊)의 관리들은 본래 유력 집안의 자제들로 선발해 왔었지요. 아바마마께서 이런 전통을 무시하고 그대들을 선발한 이유를 알고 있나요?"

　이원수가 나섰다.

　"지금까지 익위사의 운영은 형식적이었다고 해도 과언이 아니었습니다. 그러나 이번에는 세자 저하의 호위를 가장 우선했기 때문에 저희 무관들이 선발된 것으로 아옵니다."

　"맞는 말이에요. 내가 앞으로 궐내 생활만 한다면 이전 방식이 좋겠지요. 그러나, 당장은 아니지만, 나는 강화도를 자주 오갈 수밖에 없어요. 그런 나의 안위를 위해 아바마마께서 여러분을 발탁하게 된 거예요."

　이원수가 결의를 다졌다.

　"소장들도 그런 사정을 들어서 알고 있사옵니다. 저희는 지금부터 그런 준비를 착실하게 해 놓겠사옵니다."

　"해 줄 일이 더 있어요."

　"하교하여 주십시오."

　"앞으로 나는 새로운 군사 전략을 연구하려고 해요. 그 일을 여러분들이 도와주었으면 합니다."

　이원수가 당황해했다.

　세자가 특별나다는 건 잘 알고 있었다. 그러나 갑자기 군사 전략을 연구하겠다는 말에 당황하지 않을 수 없었다.

　"저하, 군사 전략은 수많은 경험의 산물입니다. 그런 작업을 하기에는 소장들의 경험이 너무 없사옵니다."

이원수가 경험이 없다며 에둘러 만류했다.

그럼에도 세자가 차분히 설득하고 나섰다.

"처음부터 잘하는 사람은 없어요. 나는 실질적인 군사 지식이 없어요. 그런 내가 혼자서 전술 전략을 만든다면 시행착오를 얼마나 많이 겪겠어요? 그런 나이기에 여러분의 도움이 필요하답니다."

만류했음에도 세자가 하겠다고 한다. 그런 세자의 의지를 이원수가 끝까지 꺾을 수는 없었다.

"……최선을 다해 받들겠사옵니다."

"고마워요. 그리고 나는 새로운 군사 장비를 개발하려고 해요. 그러기 위해서는 군기시와의 긴밀한 협조도 받아야 하고, 실무를 전담할 사람도 필요하지요. 그 역할을 여러분들이 해 주었으면 해요."

이번에는 이원수가 바로 대답했다.

"성심을 다해 받들겠사옵니다."

세자는 이후 여러 주문을 했다.

그런 주문을 두 명의 서리(書吏)들이 열심히 기록했다. 그런 그들의 손에는 전부 연필이 들려 있었다.

세자로서의 일상이 시작되었다.

처음에는 수업에 대한 부담이 있었다. 의정 대신들이 주도하는 수업이었기 때문이다.

개혁군주

그런데 실체로 겪어 보니 달랐다.

세 명의 사부들은 평생 학문을 연마해 온 사람들이다. 그래서인지 가르치는 것도 노련했다.

스승들은 경전을 옛날이야기 하듯 쉽게 풀어 주었다. 세자의 눈높이에 맞춘 교육 방식이었다.

덕분에 손쉽게 적응할 수 있었다.

이렇게 오전에는 수업을, 오후에는 익위사들과 군사 전략을 토론하고 연구했다. 그리고 강화도를 어떻게 개발해야 할지에 대해 고심했다.

다행인 점이 있었다.

지금까지는 궐 밖 일을 알아보는 통로가 한정되어 있었다. 그런데 이제는 익위사를 직접 보내 여러 일을 알아볼 수 있었다.

그래서 먼저 익위사 관원 한 명을 보내 보부상의 진행 과정을 확인했다. 지시를 받고 보부상을 다녀온 관원이 보고했다.

보고를 받은 세자가 놀랐다.

"아니! 경기도 보부상들이 벌써 연필을 양산한다고요?"

"예, 그렇사옵니다."

"아직 공장도 만들지 않았을 터인데요."

"판매 문의가 워낙 폭주했다고 합니다. 보부상이 연필을 독점한 게 알려지면서, 경기 감영 사거리가 권문세가의 하인들로 연일 북새통이라고 합니다."

"아! 거기에 보부상이 경기도 임소가 있지요?"

"그렇사옵니다."

이어서 관원이 그간의 사정을 설명했다.

"······그래서 어쩔 수 없이 임시로 생산 시설을 만들어 연필을 만들고 있사옵니다."

세자가 우려했다.

"급하게 만들면 안전사고가 날 수가 있어요. 물건도 제대로 못 만들고."

"다행히 그렇지는 않다고 합니다. 제대로 된 시설을 구비하지는 못했지만, 물건은 잘 나오고 있다고 했습니다."

"보부상에 독점을 주면 다른 사람의 간섭을 덜 받을 줄 알았는데 그렇지가 않네요."

이원수가 조언했다.

"연필은 워낙 좋은 물건입니다. 더구나 필기구여서 수요가 더 몰렸을 겁니다."

"가수요가 몰렸다는 말이군요."

처음 듣는 말에 이원수가 어리둥절했다.

"예? 가수요가 무슨 말이옵니까?"

"아니요. 그보다 보부상들이 고생이 많겠네요."

관원의 보고가 이어졌다.

"경기도 접장의 말로는, 힘은 들지만 단원 모두가 만족해한다고 했습니다."

"그렇다면 다행이지만……."

이원수가 조심스럽게 조언했다.

"뭔가 대책이 있어야 합니다. 소인의 생각으로는 공장이 만들어지면 사람의 출입을 제한해야 하옵니다. 그러지 않으면 좋은 물건이 한쪽으로 쏠릴 가능성이 크옵니다."

"힘 있는 사람들이 과점한단 말이지요?"

"그렇사옵니다. 시중에서는 그런 일이 비일비재하게 일어나고 있사옵니다. 보부상이 왕실 직할이라고 해도 모든 일을 일일이 통제할 수는 없지 않겠습니까?"

세자의 이마가 찌푸려졌다.

"으음! 문제로군요. 제대로 시작도 하기 전에 이런 문제가 발생할 줄은 몰랐네요."

이원수가 권유했다.

"아뢰옵기 송구하오나 저하께서 대책을 세워 주시는 게 좋사옵니다. 그렇지 않으면 보부상들이 저들의 등쌀에 배겨나기 어려울 것입니다."

세자가 크게 고개를 끄덕였다.

"무슨 상황인지 알겠어요. 좌익위가 수고를 해 줘야겠네요."

"하교하여 주십시오."

"무관 한 명을 선발해서 여기 있는 관원과 함께 경기 보부상을 찾아가세요. 그래서 제대로 된 상황 파악을 해 줘요."

"바로 조치하겠사옵니다."

이날 당장 익위사 무관과 사령이 경기도 보부상을 찾았다.
그리고 다음 날, 제대로 된 보고서가 제출되었다.

보고서를 읽던 세자가 인상을 썼다.

"이게 뭐야? 물건 대부분을 한양의 권신 가문이 가져갔다고요?"

"그렇사옵니다."

세자는 입맛이 썼다.

"하! 모든 사람이 고루 사용하라고 보부상에게 독점을 주었는데, 시작부터 뒤틀려 버렸네."

무관이 현장 사정을 전했다.

"연필 생산량이 수요에 비해 턱없이 부족합니다. 공장을 완공하기 전까지는 쏠림 현상은 지속될 것이라고 했사옵니다."

"……공장은 언제 완공된다고 하던가요?"

"저하께서 벽돌로 공장을 지으라는 하교를 하셨다고 들었사옵니다. 그래서 3월은 되어야 공장이 정상적으로 가동할 수 있다고 했사옵니다."

"공장은 지어지고 있지요?"

"그렇사옵니다. 경기도 접장의 말에 따르면, 터 다지기를 마치고 기둥도 세웠다고 합니다. 날씨가 춥지 않으면 바로 벽을 쌓을 것이고요."

세자가 보고서를 다시 살폈다.

"생각보다 진척은 빠르네요. 마포나루에서 얼마 떨어지지 않은 곳이니 위치도 좋고요."

"본래는 홍 도반수의 땅이었다고 합니다. 그래서 이전부터 보부상이 활용하고 있었고요. 덕분에 기초공사에 별 어려움이 없었다고 합니다."

"땅이 다져져 있다는 말이군요."

"예, 저하."

"마포는 한양으로 들어오는 경강상인(京江商人)들의 집결지잖아요. 혹시 그들이 공연한 시비를 걸어오지는 않는가요?"

"소인이 거기까지는 확인하지 못했사옵니다."

이원수가 나섰다.

"그 점은 조금도 성려하지 않으셔도 되옵니다. 우리 조선에서 보부상을 건드릴 상인들은 어디에도 없사옵니다. 하물며 이제는 상무사에 소속되었으니, 누가 감히 보부상을 해코지하겠사옵니까?"

"그렇겠네요."

고개를 끄덕이며 보고서를 넘기던 세자가 순간 멈추었다. 그렇게 멈춰 선 보고서에는 그동안의 생산량이 한자로 표시되어 있었다.

그런데 숫자를 더하고 곱하는데 한자가 쓰여 있었다. 그것을 본 세자가 규장각에서처럼 아라비아숫자를 떠올렸다.

세자가 보고서를 덮었다. 그러고는 보부상을 다녀온 무관에게 별도로 지시했다.

"그대는 앞으로 주기적으로 보부상을 다녀와 보고를 해 줘요."

"알겠습니다. 다녀올 때마다 보고서를 작성해 올리겠습니다."

세자가 사람들을 물렸다.

그러고는 서재인 소주합루로 올라갔다. 누각에는 세자가 따로 주문해 놓은 책장이 있었다.

세자가 책장을 열고서 한 권의 책을 꺼냈다.

《Mathematics》

세자는 연필을 만들고 난 후 시간이 날 때마다 이전 지식을 정리했다. 정리된 내용은 만일에 대비해 전부 영어로 작성했다.

세자는 수학을 정리한 책을 펼쳤다. 그러고는 가장 기본이 되는 부분만을 추려서 적어 나갔다.

❀

다음 날이 되었다.

채제공은 세자가 내민 책자에 어리둥절했다.

"이게 무슨 책이옵니까? 숫자 교본이라니, 처음 보는 책입니다."

"우리 조선은 숫자를 한자로 표시합니다. 그래서 기록을 하거나 계산을 할 때 상당히 불편합니다. 제가 만든 책자에는 그런 불편함을 해소할 방안이 들어 있습니다."

채제공은 그러려니 하며 책장을 펼쳤다. 그러던 그는 첫 장을 넘기자마자 내용에 함몰되었다.

의외의 모습에 우의정 유언호도 궁금했다. 그러다 채제공이 신중하게 정독하며 책장을 넘기자, 옆으로 가서는 함께 내용을 들여다봤다.

그러던 그가 이내 탄성을 터트렸다.

"허허! 놀랍구나. 숫자를 이런 방식으로 기록할 수도 있구나."

두 사람은 한동안 주변도 돌아보지 않고 책에 몰두했다. 그러던 두 사람이 책장을 덮고서 동시에 한숨을 내쉬었다.

"허허! 대단하오이다."

"예! 이 정도면 산학의 근간이 바뀌겠소이다."

이때, 가만히 있던 사람이 나섰다.

"내용이 무엇이기에 두 분 대감께서 그렇게 몰두하십니까?"

유언호가 급히 사과했다.

"이런! 오늘 호판께서 빈객(賓客)으로 오셨는데, 우리가 결례했소이다."

세자시강원은 세 명의 스승을 둔다.

그뿐이 아니라, 판서와 참판 품계의 대신들을 빈객으로 임명했다. 이날은 처음으로 빈객이 조강에 참석했는데, 호조판서 이시수(李時秀)다.

채제공이 책을 넘겼다.

"이 책은 우리보다 호판께서 보시는 게 더 유용할 것이외다."

"감사합니다."

책을 넘겨받은 이시수가 책장을 넘겼다.

그도 첫 장에서 그대로 몸이 굳어 버렸다. 그러다 두 사람처럼 천천히 책장을 넘기며 정독했다.

조선에도 수학이 있다.

양전을 위해서는 기하학도 사용한다. 천문 관측을 위해서는 방정식도 필요했고, 이런 실질적 필요에 의해 발달한 수학을 산학이라 했다.

조선에서 고위 관리가 되기 위해서는 산학은 필수였다. 특히 숫자를 다루는 호조판서가 되기 위해서는 누구보다 산학에 밝아야 했다.

이시수도 나름 산학에 밝았다. 그는 세자가 건넨 책자의 가치를 누구보다 잘 알았다.

그가 책을 덮자 채제공이 질문했다.

"호판이 보시기에 어떻소이까?"

"대단합니다. 이 기호를 도입하면 호조 문서 작성에 획기적인 전기가 마련될 것입니다."

세자가 지적했다.

"그 문자는 기호가 아니라 숫자입니다."

이시수가 놀라 눈을 크게 떴다.

"이게 숫자란 말씀이옵니까?"

"예, 맞아요. 본래는 서역에서 먼저 만들어졌는데, 그게 여러 지역을 거쳐 서양으로 들어가서, 거의 모든 나라가 사용하고 있지요."

이시수가 움찔했다.

"그러면 양이의 숫자란 말씀이옵니까?"

세자가 고개를 갸웃했다.

"서역에서 개발한 것을 서양에서도 사용한다고 했는데, 그게 이상한 건가요?"

"그렇지는 않습니다만, 양이의 문자라 하시니 저어되는 점이 없지는 않사옵니다."

세자가 대번에 지적했다.

"서양을 경계해야 하는 건 맞아요. 그러나 서양을 무작정 외면해서는 아니 됩니다. 미풍양속을 해치지 않는 범위에서 받아들일 건 받아들여야지요. 특히 이 숫자는 나라의 일을 편하게 함은 물론, 일반 백성들의 삶에도 큰 도움이 될 겁니다."

이시수도 이 점은 인정했다.

"그 점에 대해서는 소인도 동의합니다."

"지금은 유익한 부문만 생각하시지요."

채제공도 적극 나섰다.

"저하의 말씀이 옳습니다. 서역은 수만 리 떨어진 곳에 있지만, 과거부터 우리와도 많은 인연이 있는 지역이외다. 그

지역의 문자이니 받아들여도 하등 문제가 되지 않을 것이오."

의외로 유언호도 동조했다.

"나라에 쓰임이 되고 백성들을 이롭게 하면 어디 문자든 받아들이지 않을 이유가 없지요."

이시수도 결국 동조했다.

"제가 어리석었습니다. 두 분 대감의 말씀대로 백성들이 이로우면 받아들이는 게 맞습니다."

이번에는 채제공이 의문점을 지적했다.

"그런데 여기 사칙연산의 부호도 서역에서 만들어진 것이옵니까?"

세자가 대충 얼버무렸다.

"저도 그 부분은 확실히는 모릅니다. 허나 숫자가 만들어졌으니 부호도 거기서 만든 것이 아닐는지요."

"그런데 여기 영이란 숫자는 왜 사용하는 겁니까?"

세자가 내심 안도했다.

아라비아숫자에서 가장 중요한 의미를 갖는 게 '0'이다. 이 숫자가 나왔다는 말은 아라비아숫자를 받아들이겠다는 의미나 다름없었다.

세자는 최선을 다해 '0'의 개념을 설명했다.

세 사람은 관리이기 이전에 학자다. 처음에는 개념 정리에 어려움을 겪던 이들은, 세자의 상세한 설명에 이내 고개를 끄덕였다.

개혁군주

이번에는 유언호가 궁금해했다.

"이런 숫자의 표기 방식은 획기적입니다. 전하께서 보셨으면 기뻐하셨을 터인데요?"

"사부님들께 먼저 보여야 한다고 생각했습니다."

"아! 신들에게 검증을 받으시려 했군요."

"그렇기도 하지만, 저를 가르치는 사부님들이시니 당연히 그래야 한다고 생각했습니다."

세 사람이 동시에 고개를 끄덕였다.

유언호가 흐뭇해하며 덕담을 했다.

"잘하셨습니다. 전하께서도 이 방식을 보시면 무척 흡족해하실 것이옵니다."

"감사합니다."

"그런데 저하께서는 이런 표기 방식을 어떻게 알아낸 것이옵니까?"

세자가 당당히 밝혔다.

"얼마 전 꿈에서 봤습니다."

유언호가 고개를 갸웃했다.

"예? 꿈에서 봤다고요."

"예, 꿈이어서 처음에는 그저 그런가 했어요. 그런데 너무도 또렷해 잊히지가 않아서 궁금해지더라고요. 그래서 며칠 동안 산학을 찾아보면서 나름대로 확인을 했습니다."

이시수가 탄성을 터트렸다.

"허허! 놀랍습니다. 꿈에서 본 것을 이렇게 정확히 기억해 내시다니요."

세자가 적당히 말을 돌렸다.

"운이 좋았습니다. 얼마 전 갑자기 쓰러지고 난 뒤부터 머릿속이 맑아졌습니다. 그 바람에 천자문과 사자소학 등을 쉽게 익힐 수 있었고요. 그러다 아바마마께 몇 개월간 수업을 받으며 나름의 발전을 하였고요."

채제공이 웃음을 지었다.

"허허허! 대견하십니다. 우리 조선의 역대 세자분 중에서 저하와 같은 분은 없었사옵니다."

유언호도 동조했다.

"맞습니다. 전하께서 이 책자를 보시면 무슨 말씀을 하실지 참으로 궁금할 정도입니다."

"허허허!"

"하하하!"

❀

이날의 주강은 이렇게 끝났다.

사부들은 세자가 저술한 숫자 교본을 갖고 편전을 찾았다. 국왕은 갑자기 찾아온 세 사람을 보며 은근히 놀랐다.

"우리 세자에게 무슨 일이 있는 것입니까? 어떻게 세 분이 함께 편전에 드신 겁니까?"

채제공이 공손히 책자를 바쳤다.

"오늘 신들은 세자 저하의 새로운 면모를 봤습니다. 그 책자는 저하께서 직접 저술한 숫자 교본이옵니다."

국왕이 놀랐다.

"우리 세자가 직접 썼다고요?"

"예. 설명을 드리기 전에 먼저 읽어 보시옵소서."

"그럽시다."

국왕이 책장을 넘겼다.

그리고 이어진 반응은 다른 사람들과 다르지 않았다. 정신없이 정독한 국왕이 끝내 너털웃음을 터트렸다.

"허허허! 이걸 우리 세자가 썼단 말씀입니까?"

채제공이 대답했다.

"예, 그렇사옵니다."

이어서 세자와 나눈 이야기를 전했다.

국왕은 책장을 넘기면서 몇 번이고 확인했다.

"놀라운 정의로군요. 중국의 산학에도 영의 개념이 있기는 하지만, 이 책처럼 명확한 정의는 본 적이 없습니다. 거기다 사칙연산의 부호는 가히 획기적이라고 하지 않을 수가 없네요."

유언호도 동조했다.

"숫자 교본을 도입하면 분명 산학 발전에 큰 도움이 될 듯

하옵니다. 조정의 각종 통계 정리에도 획기적인 분수령이 될 것이옵니다."

이어서 자신이 생각하는 아라비아숫자의 효용성을 밝혔다. 국왕이 적극 동조했다.

"옳은 말씀입니다. 이 숫자를 도입하면 한자 숫자 기록으로 인한 불편함은 완전히 해소할 수 있겠습니다."

이러던 국왕이 말없이 앉아 있는 이시수를 바라봤다. 그러다 안색이 흐린 그를 보며 의아해했다.

"호판은 무슨 문제가 있는 거요? 어찌 아무 말이 없으시오?"

이시수가 자책했다.

"후! 신이 세자 저하께 큰 결례를 저질렀사옵니다."

"아니, 무슨 결례를 하셨다고 이러십니까?"

이시수가 세자와 나눴던 대화 내용을 밝혔다.

그의 설명을 들은 국왕이 크게 웃었다.

"하하하! 호판이 우리 세자의 겉모습만 보고 실수를 했나 보오."

이시수가 쓴웃음을 지었다.

"저하께서 명민해지셨다는 걸 알고 있지만, 잠시 그걸 망각했었사옵니다."

국왕이 위로했다.

"너무 자책하지 마세요. 과인도 세자와 대화를 나누다 종종 실수를 한답니다."

개혁군주

"그러셨군요."

채제공이 제안했다.

"전하, 이 숫자 교범은 호조 산원(算員)뿐이 아니라 상인이나 일반 백성에게도 유용하옵니다. 하오니 대량으로 인쇄해서 배포하시옵소서. 그리하면 세자 저하의 영명함도 널리 알려질 것이옵니다."

국왕이 고개를 저었다.

상무사 출범

"아니요. 이런 일일수록 신중을 기하는 게 좋아요. 호판."

"예, 전하."

"호조 산학청의 산학교수와 관원들에게 일러, 이 숫자 교본을 면밀히 검토하라 이르시오. 필요하면 세자를 직접 만나도록 조치하고요."

이시수가 제안했다.

"전하! 호조 관원들은 나라의 세정을 책임지고 있는 자들이옵니다. 그들 모두가 세자 저하께 숫자 교범을 배우도록 허락해 주십시오. 그래서 업무에 적용하면 국사에 큰 도움이 될 것이옵니다."

국왕이 잠깐 고심하다 결정했다.

"나쁘지 않은 생각이오. 허나 세자에게 동의를 구하는 게 순서이니 그것부터 조치합시다."

"그렇게 하시옵소서."

국왕의 곧바로 세자에게 사람을 보냈다.

내관에게 상황을 전달받은 세자가 고개를 저었다.

"나는 산학을 접한 적이 없어요. 그러니 그분들과 대화를 하는 건 당장은 곤란하고, 수박 겉핥기로라도 산학을 접해야 해요. 그러니 닷새의 시간을 주고 산학을 잘하는 사람을 한 명 보내 주세요."

대전 내관이 세자의 조건을 편전에 전했다.

그 말을 들은 국왕이 호조판서를 바라봤다.

"세자가 이런 조건을 내거는데, 어떻게 했으면 좋겠소?"

이시수가 난감한 표정을 지었다.

"산학은 잡학이지만 결코 쉽지 않습니다. 아무리 대충 훑어본다고 해도 닷새 만에 알 수 있는 학문이 아닙니다. 저하께서는 그저 숫자 교범만 정확히 가르쳐 주시면 되옵니다."

국왕이 고개를 저었다.

"과인도 그 점을 모르지 않소. 세자도 그 정도는 알고 있을 터인데, 이런 제안을 한 것을 보면 나름대로 생각이 있는 거 같소이다."

이렇게 나오니 이시수도 어쩔 수 없었다.

"알겠사옵니다. 내일부터 산학 서적과 산학교수를 닷새

동안 동궁으로 보내겠사옵니다."

"그렇게 하시오."

대궐을 나온 이시수는 육조 거리에 있는 호조로 갔다. 그러고는 업무를 보고 있는 산학박사와 실직들을 모두 소집했다.

"……이렇게 해서 너희들이 앞으로 닷새 후에 산학 교범을 배워야 한다. 그리고 장 교수."

나이 지긋한 관리가 몸을 숙였다.

"장 교수가 닷새 동안 저하를 가르쳐야겠네."

산학교수 원도현은 난감했다.

"대감께서 지시하시니 따르기는 하겠사옵니다. 하오나 산학은 며칠 만에 결과가 나오는 학문이 아니옵니다."

이시수가 이마를 찌푸렸다.

"난들 그걸 왜 모르겠나. 세자 저하께서 그렇게 해 달라고 요청하시니 해 드릴밖에. 그리고 전하께서도 그렇게 하라 지시하셨으니, 우리로서는 따라야 하는 게 도리야."

국왕의 지시란 말에 산원들이 술렁였다. 산학교수 원도현의 반대도 바로 수그러들었다.

"전하께서는 우리 못지않게 산학에 통달하신 분이십니다. 그런 분이 이리 하교하셨다면 그럴 만한 이유가 있겠지요."

누군가 동조했다.

"옳은 말씀입니다. 소인이 알기로 전하께서는 세손 시절 산학이 이미 상당한 경지에 도달하셨다고 합니다."

국왕의 지시에 분위기가 대번에 바뀌었다.

이시수는 어이가 없었으나 한편으로는 이해가 되었다.

"그래. 나도 전하께서 지시하시니 반박을 못 하기는 했지. 그러면 원 교수가 수고를 해 주게."

"내일부터 입궐하면 되겠습니까?"

"그렇게 하게. 대궐에는 따로 기별해 놓겠네."

"알겠습니다, 대감."

이시수가 대궐을 출입할 수 있는 패를 건넸다. 공손히 그 패를 받아 든 원도현은 산학청(算學廳)으로 돌아와 퇴청 때까지 업무를 봤다.

시간이 되자 그가 산학 서적 몇 권을 챙겼다. 그러고는 함께 근무하는 관원들에게 당부했다.

"여러분들도 알다시피 내일부터 닷새 동안 입궐해야 하오. 내가 없더라도 맡은 일들 잘해 주기 바라오."

"염려 마시고 다녀오십시오."

"예. 교수님이 맡은 업무까지 다 해 놓겠습니다."

"고맙소. 그럼 다녀와서 봅시다."

❈

다음 날.

종6품 관복을 차려입은 원도현은 이른 아침에 동궁을 찾았다. 세자의 청으로 산학을 배우는 닷새 동안 조강을 열지 않기로 했다.

"세자 저하! 산학교수가 왔습니다."

"어서 오세요."

원도현은 보자기에 든 책을 내려놓고 절을 했다.

"처음 뵙겠사옵니다. 호조 산학청 산학교수 원도현이라고 하옵니다."

세자는 교수라는 낯익은 단어에 와락 호감이 솟았다. 그래서인지 어느 때보다 밝게 답례했다.

"어서 오세요. 이렇게 보게 되어 반갑네요."

"황공하옵니다."

"갑자기 내가 산학을 공부한다고 해서 말들이 많다지요? 그것도 닷새만 한다고 해서요."

"……황공하오나 아니라는 말씀을 드리지 못하겠사옵니다."

"본래는 숫자 교범만 알려 드리면 되는 일이었어요. 그런데 내가 산학을 배우려 하는 까닭은 최소한 기본이라도 알자는 취지예요. 그러니 공연히 이상한 생각은 하지 않았으면 해요."

세자가 이런 말을 했지만 이미 소문은 온 사방에 난 상태였다. 원도현도 전날 벌써 소문이 돌았다는 걸 알았으나 내색하지 않았다.

"성심을 다해 받들겠사옵니다."

세자가 일어났다.

"수업 장소로 가야 하니 따라오세요."

원도현은 책자를 들고 공손히 세자를 따랐다.

지붕이 덮인 복도를 지나 유덕당에 도착했다.

중희당 부속 건물인 유덕당은 간이 몇 개로 나뉘어 있었다. 세자는 이 중 한 칸을 욕실로 만들었다.

그리고 복도와 붙어 있는 2칸짜리 방에는 회의를 할 수 있는 탁자를 설치했다. 세자가 들어간 곳이 바로 이 방이다.

"앉으세요."

"황감하옵니다."

그가 의자에 앉자 세자가 당부했다.

"나는 학문을 시작한 지 몇 달 되지 않았어요. 그러니 원 교수가 교재를 읽어 주면서 수업을 진행했으면 해요."

"그렇게 하겠습니다."

수업이 시작되었다.

원도현은 가져온 책 중 세 권을 먼저 꺼냈다.

"이 책은 보시는 대로 《묵사집산법(默思集算法)》이라고 합니다. 저자는 경선징(慶善徵)으로 본국 사람의 저서입니다."

"산술은 중국이 더 발달하지 않았나요?"

원도현의 고개가 저어졌다.

"그렇지 않습니다. 시작은 저들이 먼저 한 게 맞습니다. 허나 지금의 산술은 본국이 훨씬 더 발달했습니다."

그가 첫 번째 책을 펼쳤다.

"자! 그럼 공부를 하면서 왜 그런지를 설명해 드리겠습니다."

원도현이 책장을 넘겼다.

그런데 가장 앞에 있는 문양의 형태가 아주 낯익었다.

"이 도식은 구구합수(九九合數)를 나타냅니다."

이러면서 설명을 했다.

그 설명을 듣자마자 세자가 소리쳤다.

"아! 이거 구구단이군요! 그것도 거꾸로 된 구구단요!"

"구구단? 오! 구구합수보다 구구단이 입에 착 달라붙는군요. 자! 따라 해 보십시오. 구구 팔십일, 구팔 칠십이……."

놀라웠다. 아주 어릴 적 노랫말처럼 외웠던 구구단을 여기서 다시 듣게 되었다.

세자는 따라 하지 않았다.

그 대신 원도현의 설명을 들으며 열심히 필기했다. 한동안 운율에 맞춰 구구합수를 외우던 원도현의 눈이 커졌다.

"무엇을 하시는 것이옵니까?"

"제가 앞으로 가르칠 숫자 교범에 나오는 아라비아숫자와 사칙연산 부호로 만든 구구단입니다. 한번 보시지요."

세자가 건넨 종이를 본 원도현의 눈이 커졌다.

"이 숫자가 구이고, 이 부호가 덧셈부호, 그리고 팔, 칠, 육……일이로군요."

산술 교수답게 그는 아라비아숫자와 부호를 대번에 알아

봤다.

"맞아요. 역시 교수님답군요."

원도현은 세자의 설명보다 아라비아숫자와 부호에 눈이 고정되었다.

세자가 적은 구구단은 칠 단까지였는데, 그는 몇 번을 정독하다 침음했다.

"으음! 이래서 숫자 교범을 익히라고 하는 거로군요."

"이 숫자의 효용 가치를 알아보시겠습니까?"

"숫자와 부호를 적절히 활용하면 산학을 아주 쉽게 정리할 수 있겠습니다."

"오! 역시, 역시 대단합니다."

원도현이 세 권의 책을 집으며 설명했다.

"이 책자에는 대략 사백여 개의 문제가 들어 있습니다. 그런 문제는 전부 서술형이지요. 만일 저하께서 거기에 대입할 부호를 만드셨다면 감히 산술의 혁명이라 할 수 있사옵니다."

세자가 눈을 빛냈다.

"회계와 상업에 큰 도움이 되겠지요?"

원도현의 눈도 빛났다.

"물론이옵니다. 더불어 백성들의 실생활에도 많은 변화가 찾아올 것이옵니다."

"하하! 교수님이 나와 같은 생각이라니 참으로 다행이네요. 앞으로 닷새 동안 우리 머리를 맞대어 봐요."

원도현은 세자의 생각을 알아챘다. 그는 궁금해서라도 이 제안을 거부하지 못했다.

"좋습니다."

"자! 그럼 시작해 봐요."

그렇게 번역 아닌 번역 작업이 시작되었다.

원도현이 먼저 문제를 천천히 읽어 나갔다. 세자는 그걸 아라비아숫자와 부호로 옮겼다.

그러면서 자연스럽게 x, y, z와 같은 알파벳도 적용하게 되었다. 그리고 다른 기호와 부호도 적용하면서 여러 문제가 정리되었다.

《묵사진사법》에는 수의명수법, 단위 환산, 곱셈과 나눗셈, 비례법과 원, 연립방정식, 평면도형의 넓이, 입체도형의 부피, 분수와 약분, 2, 3차 방정식 등 다양한 문제가 제기되어 있었다.

이어서 다른 책자에도 여러 형태의 문제와 산목(算木)의 활용법이 다양하게 나왔다.

그렇게 닷새의 시간이 지났다.

"놀랍네요. 우리 조선의 산학이 이토록 깊이가 있는 줄 몰랐어요."

원도혁의 놀라움은 더했다.

"신은 믿기지 않습니다. 보령 유충하신 저하께서 이 많은 책의 문제를 하나도 막힘없이 풀어내실 줄 몰랐습니다."

세자가 머리를 긁적였다.

"에이! 그렇다고 전부 푼 것은 아니지요."

"아닙니다. 시간만 더 있었다면 모조리 풀어내셨을 거라고 장담합니다."

"그렇게 생각하다니 고맙네요."

"그런데 언제 산학에 대해 이렇게 깊은 지식을 갖게 되신 것이옵니까?"

세자가 웃었다.

"하하하! 산학을 접한 건 이번이 처음이라고 하지 않았습니까?"

원도현이 고개를 저었다.

"솔직히 믿기지 않습니다. 저하께서는 처음부터 문제를 별로 어려워하지 않았습니다. 그러면서 이처럼 아라비아숫자와 부호로 쉽게 정리하셨고요."

세자가 원도현의 손에 든 종이 뭉치를 바라봤다.

직접 접해 본 조선 산학은 나름대로 깊이가 있었다. 그러나 대부분의 문제는 고등학생 정도면 충분히 풀 수 있었다.

물론 일부는 대학 수학, 또 일부는 그 이상의 지식이 필요하기는 했다. 그러나 이는 극히 일부이고, 대부분은 충분히 풀 수 있었다.

의외인 점은 기초 과정이 너무 없었다.

세자가 그 점을 지적했다.

"대부분의 문제가 상당한 깊이가 있습니다. 헌데 반대로 기초 산학에 대한 과정은 너무도 부족하네요."

원도현도 그 부분을 알고 있었다.

"신들도 모르지 않습니다. 하오나 기초 산술을 정리하는 게 결코 쉽지 않은 일이어서, 기존의 책으로 교육하는 것이 전부인 형편입니다."

"호조에서 전문가들을 교육하고 있나 보네요."

"산사(算士)들은 거의 모든 부서에 배속되어 있어서 수요가 많사옵니다. 그래서 산학청에서는 서른 명의 정원을 받아 지속적인 교육을 하고 있사옵니다."

"그렇군요. 이번 숫자 교범 전수를 기회로 기초 산학 교재를 한번 만들어 보면 어떻겠어요?"

세자의 제안을 원도현도 거부하지는 않았다. 그러나 몇 번이고 고개를 갸웃하며 확신을 못했다.

"그랬으면 좋겠지만…… 솔직히 쉽지 않을 거 같사옵니다."

"이번이 기회이니 나도 적극 참여할게요. 그러니 한번 해 보도록 해요."

결국 그의 고개가 끄덕여졌다.

"저하께서 이리 말씀하시니 해 보겠사옵니다."

"잘 생각하셨어요."

원도현은 궁금했다.

"다른 분들은 산학은 잡학이라고 해서 외면하는 경우가 많사옵니다. 그런데 저하께서는 왜 이렇게 산학에 대해 관심이 많으시옵니까?"

"원 교수도 상무사가 출범한다는 것을 아시지요?"

"물론이옵니다. 그 일로 한양이 들썩이는데 모르면 오히려 이상하지요. 우리 산학청의 산원 중에서도 지원을 하겠다는 사람이 있을 정도입니다."

"좋은 일이군요. 상단을 출범시킬 정도로 왕실은 앞으로 상공업을 적극 육성하려고 합니다. 상공업이 발전하기 위해서 반드시 필요한 학문이 산학이지요. 그리고 기초 산학은 백성들의 실생활에도 직접적인 도움이 되고요."

원도현이 적극 동조했다.

"옳은 지적이시옵니다. 백성들이 산술만 조금 알아도 삶의 질이 크게 향상될 것이옵니다. 억울하게 사기를 당하는 경우도 줄일 수 있고요."

"맞아요. 나는 우리 백성들이 적어도 구구단 정도는 외고, 숫자 정도는 읽고 쓸 줄 알게 하려고 합니다. 그리되면……."

세자가 자신의 계획을 잠깐 설명했다.

원도현은 그 설명에 크게 감복했다.

"놀랍습니다. 저하의 계획대로만 된다면 악질 거간꾼이나 사기꾼에 당하는 백성의 숫자가 현격히 줄 것이옵니다. 더불어 지주들에게 당하는 억울함도 크게 줄 것이고요."

"새로 만들게 될 수학 교재도 그런 사정을 감안했으면 좋겠어요."

원도현이 크게 고개를 끄덕였다.

"알겠습니다. 저하의 뜻을 받들기 위해 산학청의 산원들
과 노력하겠사옵니다."

"고마워요."

❀

인사를 하고 대궐을 나온 산학교수는 산학청으로 돌아가
산원들을 모았다. 그 자리에서 세자의 바람을 설명하고 적극
동참할 것을 권했다.

산학으로 백성을 이롭게 하자고 한다. 지금까지 이런 말을
한 위정자는 단 한 명도 없었다.

산학청 산원들은 열렬히 환영하며 적극 동참을 결의했다.
다음 날의 숫자 교범 전수에는 모든 산원이 참석했다.

세자의 강론이 시작되었다.

산원들은 산학교수를 통해 매일의 과정을 전해 듣고 있었
다. 그래서 수업은 시작하자마자 끝내고는, 기초 교재 제작
을 위한 토론을 시작했다.

이런 토론도 세자가 미리 만들어 놓은 교재를 보는 순간
끝났다.

세자는 산학을 배우면서 기초 교재의 필요성을 절감했다.

이전 시대 수십여 년 제자들을 가르쳐 왔었다. 그런 경험 덕분에 기초 교재를 만드는 건 어렵지 않았다.

산원들은 세자가 만든 2권의 교재를 보며 탄복했다. 한 권은 일반 백성을 위한 교재였으며, 다른 한 권은 산학을 전공하는 데 필요한 기초 교재였다.

원도현이 가장 놀랐다.

"저하! 아뢰옵기 송구하오나, 이 교재를 정녕 하루 만에 만드셨사옵니까?"

세자가 웃으며 대답했다.

"기초 교재잖아요. 닷새 동안 수업을 받으며 생각했던 부분을 정리했어요. 그래서 시간이 별로 걸리지 않았네요."

원도현이 고개를 흔들었다.

"믿을 수가 없습니다. 어떻게 이런 교재를 단 하루 만에 만들 수 있단 말이옵니까?"

다른 산원들이 일제히 세자를 바라봤다.

세자는 그들의 시선을 받는 게 부담스러웠다.

"아하하! 너무 그렇게들 보지 말아요. 잘해 보자고 만들었는데 내가 마치 죄를 지은 거 같잖아요."

산원들이 황급히 고개를 숙였다.

"황공하옵니다."

"아하하! 이거 참."

조선에 와서 나이가 어려지면서 말투도 조금씩 어려졌다.

그러나 이전에 있었던 말의 무게감은 여전히 남아 있었다.

"그만 고개들 들어요. 내가 노력해서 만들었다고 해도 빈틈은 있을 거예요. 그러니 지금부터 문제가 있는지를 검수해 보세요. 첨가할 부분이 있으면 따로 기록을 하고요."

세자의 말에 산원들이 눈을 빛냈다.

이들은 하루 내내 2권의 교재를 갖고 갑론을박했다. 그렇게 얻은 결론을 산학교수가 세자에게 보고했다.

보고를 받은 세자의 눈이 커졌다.

"없다고요?"

"예, 저하. 기초 산학과 산학 교범 모두 교정할 부분이 전혀 없었사옵니다. 아니, 저희가 모르는 부분이 많아서, 오히려 그걸 토론하느라 많은 시간을 보냈을 정도입니다."

고칠 게 없다는 게 좋기는 했다. 그러나 다른 한편으로 조선 산학의 현실을 보는 것 같아 씁쓸했다.

"그렇군요."

원도현이 눈을 빛냈다.

"저하, 지금까지 해 온 산학 서적의 수식 작업은 계속 진행해야 하지 않겠사옵니까?"

"그래야겠지요."

"그러면 다른 산학 서적을 갖고 와도 되옵니까?"

"모두 가져오세요. 그래서 문자는 정음으로, 문제는 전부 수식으로 정리합시다."

원도현의 얼굴에 기쁨이 가득했다.

"그러면 언제부터 재개하면 되겠사옵니까?"

"내일 오후부터 다시 해서 끝날 때까지 해요. 그리고 기존의 책을 정리해 단계별로 구분하는 작업도 하고요."

세자가 산학을 새롭게 정립하자고 한다.

원도현은 세자의 말을 크게 반기며 새로운 제안을 했다.

"황감하옵니다. 헌데 그 일에 소인 말고 몇 사람을 더 참가시키면 어떻겠사옵니까?"

세자가 즉석에서 찬성했다.

"좋아요. 기왕이면 여러 사람이 참여하는 게 좋지요."

"알겠사옵니다. 돌아가서 준비해 내일 입궐하겠사옵니다."

"그렇게 하세요."

산학교수와 산원들은 머리가 땅에 닿을 것처럼 인사를 하고서 돌아갔다.

⁂

이날 저녁 문안 인사에서 국왕이 이에 대해 질문했다.

"산학을 새롭게 정립하려 한다고?"

"소자가 말씀을 올리려고 했는데, 아바마마께서 벌써 알고 계셨사옵니까?"

"허허허! 온천지에 소문이 났는데 아비가 모를 리가 없지."

왕비도 거들었다.

"어미도 며칠 전부터 우리 세자가 큰일을 하고 있다는 소문을 듣고 있었지요."

"소문을 들으셨는데 소자에게 하문하시지 않고요."

왕비가 웃으며 고개를 저었다.

"좋은 일을 하는데 그걸 구태여 알아볼 필요는 없지요. 이렇게 때가 되면 세자가 다 알려 줄 거잖아요."

"그렇기는 하옵니다."

세자가 며칠 동안의 과정과 오늘 있었던 일을 설명했다.

국왕이 너털웃음을 터트렸다.

"허허허! 우리 세자가 조선의 산학자들을 가르쳤구나."

왕비가 맞장구쳤다.

"그러게 말입니다. 배운 게 아니라 오히려 가르침을 내렸네요."

세자가 얼굴을 붉혔다.

"그렇지는 않사옵니다. 그 사람들은 전문가들이어서 산학에 대한 깊이가 대단하옵니다."

"헌데 세자와 함께하자고 주청을 한 건 왜 그렇지요?"

"소자가 그들의 산학 지식을 수식과 기호로 정리하려 하기 때문이에요. 그렇게 산학을 정리하면 보다 많은 연구를 할 수 있고, 업무에도 큰 도움이 되거든요."

국왕도 거들었다.

"그 말은 맞다. 너와 산학교수가 정리한 걸 살펴보고 아비도 놀랐다."

세자가 산학 기초와 교범을 바쳤다.

"소자가 이번에 새로 정리한 교범이옵니다."

국왕이 두 책자를 찬찬히 살폈다.

"놀랍구나. 산학을 이토록 쉽게 정리하다니."

탄성을 터트린 국왕이 세자를 바라봤다.

"장하다. 아비는 네가 이 책을 저술한 게 너무도 자랑스럽구나."

"황공하옵니다."

"산학청의 산원들은 뭐라고 하더냐?"

"고칠 부분이 없다고 했사옵니다."

국왕이 크게 웃었다.

"하하하! 그래?"

"예. 그래서 그대로 인쇄해서 배포해도 문제가 없다고 했사옵니다."

국왕이 크게 고개를 끄덕였다.

"알았다. 호조에 일러 산학 기초를 대량 인쇄해 전국에 배포하도록 하마."

"황공하옵니다."

"아니다. 네가 이토록 백성을 생각하는 마음을 갖고 있다는 게 아비는 너무 기쁘다. 앞으로도 백성을 위하는 마음을 절대 버리지 말아야 한다."

"명심하겠사옵니다."

세자가 인사를 하고 대조전을 나갔다.

흐뭇하게 그 모습을 바라보던 국왕이 왕비를 바라봤다.

"중전! 이런 날은 술을 한잔했으면 좋겠소."

"알겠사옵니다. 바로 준비하라 이르겠사옵니다."

이날 대조전의 불은 늦도록 꺼지지 않았다.

❁

세자가 새로운 산학 교범을 만들었다는 소문은 삽시간에 번졌다. 백성들이 모이는 곳마다 나이 어린 세자의 대단한 행보에 대해 목소리를 높였다.

백성들은 세자에 대한 기대감에 들떠 있었다. 특히 백성들을 위한 산학 교범을 만든 부분에서는 하나같이 칭송했다.

지금까지 어떤 세자도 백성들을 위해 직접 교범을 저술한 적이 없었다. 그런데 나이 어린 세자가 그걸 해냈다는 소문에 기대감도 폭증했다.

상무사에 대한 관심도 덩달아 높아졌다.

조선에서 사람을 공개적으로 선발하는 경우는 드물다. 그런 경우를 감안했음에도 지원자는 상상 이상으로 많았다.

산학 서적 수식 전환 업무가 끝날 즈음, 상무사 지원도 끝났다. 모처럼 시간이 난 세자가 익위사에서 수북한 지원서를 살폈다.

"지원자들이 뭐가 이렇게 많아요?"

지원 업무를 도와주던 내관이 설명했다.

"아마도 왕실 최초의 상단이라는 특수성 때문에 그런 거 같습니다."

"그렇다고 해도 이건 상상 이상이야."

"예. 저희도 놀랐습니다. 열 명의 직원을 뽑는데, 수백 명이 지원했으니까요."

김 내관이 부언했다.

"아마도 저하께서 요즘 보여 주신 행보도 큰 영향을 끼쳤을 겁니다."

"옳은 지적입니다. 거기다 강화도가 왕실 직할령으로 지정된 데 따른 기대감도 컸을 것이옵니다."

두 내관의 설명을 들으며 세자가 지원서를 넘겼다. 지원자 대부분이 중인들이었으나, 놀랍게도 경화사족 출신들도 다수 있었다.

"경화사족 출신들도 지원을 했군요."

"대부분 서얼 출신들이옵니다."

"아! 그래요?"

지원서를 넘기던 세자는 아쉬웠다. 실학자와 개혁 인사들의 지원이 거의 없었기 때문이다.

개혁군주

"역시 현실과 이상은 다르구나."

김 내관이 바로 알아들었다.

"아무리 왕실 상단이어도 학자들이 쉽게 지원하지 못하옵니다. 개개인의 이상이 개혁적이어도 현실적인 한계를 거스르는 게 결코 쉽지 않습니다."

세자도 이해는 되었다.

"맞아. 지금 당장은 어쩔 수가 없겠지."

예상하지 못한 건 아니다. 대안도 모색해 놓고는 있었다.

그러나 이름 있는 실학자나 개혁주의자가 단 한 명도 없는 현실에 입맛이 썼다.

그래도 전혀 성과가 없었던 건 아니다.

"의외로 호조 산원 몇 명이 지원했네?"

김 내관이 예상했다.

"그들은 전적으로 세자 저하의 역량을 믿고 지원했을 겁니다. 대부분이 중인인 그들은 상단에 대한 거부감이 별로 없고요. 그래서 저하를 옆에서 모시면서 산학 지식을 전수받고 싶었을 겁니다."

세자가 웃으며 지원서를 넘겼다.

"어쨌든 회계 업무는 신경 쓰지 않게 되어서 다행이다."

나름의 위안을 얻은 세자가 지원서를 덮었다. 그러고는 김 내관을 불렀다.

"김 내관, 아바마마께서 어디 계신지 알아봐 줘."

명을 받은 김 내관이 한참 있다 돌아왔다.

"전하께서 공무가 많으셔서 일을 마치고 직접 찾겠다고 하셨사옵니다."

"알았어."

시간이 남은 세자가 익위사 무관을 모았다.

동궁 권역은 넓어 담장으로 몇 개로 나뉘어 있다. 그중 하나를 익위사가 사용하고 있으며, 장차 상무사도 자리하게 될 곳이다.

잠깐 사이 무관이 모였다.

"맨손체조부터 시작합시다."

좌익위 이원수가 앞으로 나왔다.

"지금부터 맨손체조를 삼 회 연속 실시한다. 먼저 다리 운동부터 구령을 붙여서 실시한다. 전체, 체조 시작!"

"하나, 둘, 셋, 넷……."

무관들이 체조를 실시했다. 세자도 이들의 구령에 맞춰 동작 하나하나를 직접 따라 했다.

훈련은 제식을 거쳐 총검술로 넘어갔다. 무관들이 실시하는 총검술은 대련이었다.

목재로 만든 총에 솜뭉치를 매달았지만, 타격당하면 충격이 상당했다. 그 바람에 무관들은 절대 허술히 대련에 임하지 않았다.

그렇게 얼마의 시간이 지났다.

이원수가 손을 들었다.

"그만! 휴식을 취한 뒤 특공무술을 실시한다."

그의 지시에 따라 무관들이 휴식했다.

익위사로 선발된 무관들은 나름대로 무력을 보유하고 있었다. 그러나 개인의 편차도 심할뿐더러 무술도 제각각이었다.

이를 확인한 세자는 백동수와 역량이 뛰어난 장용영 무관들을 불렀다. 그러고는 유사시 실질 전력이 될 수 있는 무술 개발을 요구했다.

세자는 경호에 대한 개념 정립도 요구했다. 그러면서 이전에 배웠던 특공무술을 알려 주었다.

백동수와 무관들은 특공무술이 인명 살상이 목적이란 점을 대번에 알아봤다. 이들은 조선의 무술을 가미한 특공무술을 새로 정리했다.

휴식 후, 특공무술이 시작되었다.

먼저 형을 반복하고 공격과 수비의 합을 서로 맞춰 보고는 대련에 들어갔다. 익위사들은 많은 수련을 해 왔던 터라 대련은 거의 실전에 가까웠다.

이런 도중 국왕이 찾아왔다.

세자가 벌떡 일어났으며 이원수가 대련을 중지하려 했다. 그러나 국왕은 이를 제지하고는 대련을 계속하게 했다.

한동안 대련을 바라보던 국왕이 손짓을 했다. 그것을 확인한 이원수가 소리쳤다.

"그만! 대련 중지!"

워낙 실전을 방불케 하는 대련이었다. 그 바람에 중지 명령이 떨어지자 무관들이 전부 주저앉았다.

국왕은 그런 무관들을 흡족하게 바라보다 전각으로 들어갔다.

국왕이 치하했다.

"익위사들의 무력이 일취월장했구나."

"다들 몸을 사리지 않고 있사옵니다."

"허허허! 네가 꿈에서 본 세상이 놀랍고도 또 놀랍구나. 문명의 이기로 사회가 그렇게 발전했음에도 대인 살상 무술까지 발전하다니."

"역설의 결과이옵니다."

국왕이 큰 관심을 보였다.

"역설의 결과라고?"

"예, 사회가 발달할수록 이해관계도 따라서 발전하게 되어 있습니다. 그런 이해관계가 맞물리다 보면 협상이 아닌 힘으로 쟁취하려는 자들도 생겨나기 마련이고요."

국왕이 크게 고개를 끄덕였다.

"네 말이 옳다. 아비도 즉위 초기에 암살을 당할 뻔했다. 그것도 적도들이 범궐까지 해서 말이다."

"그래서 익위사들을 단련시키려는 것이옵니다. 소자는 앞으로 아바마마를 경호하는 병력도 저들처럼 강력한 무력을 갖추도록 할 것이옵니다."

국왕이 흡족한 미소를 지었다.

"오냐. 알아서 해 봐라. 아비는 너만 믿으마."

"성심을 다해 받들겠사옵니다."

"그런데 오늘은 무슨 일로 아비를 보자고 한 게냐?"

"상무사의 지원이 마감되었사옵니다. 예상보다 지원자가 많사옵니다. 그래서 이 일을 어떻게 처리했으면 좋은지 여쭤 보려고 하옵니다."

"네가 세운 원칙대로 선발해 봐라."

"소자가 알아서 하라는 말씀이옵니까?"

"당연하지. 상무사의 일을 제안한 게 너고, 인선도 공평무사하게 하자고 했다. 그러면 거기에 따라 선발을 하면 되지 않겠느냐?"

세자는 아직 궐 밖 사정에 밝지 않아 도움을 받으려 했었다. 그래서 국왕의 말을 듣는 순간 당황했으나, 이내 고개를 끄덕였다.

"알겠사옵니다. 소자가 한번 해 보겠사옵니다."

국왕이 흐뭇한 표정을 지었다.

"아비가 도와주어도 되겠지만, 사람을 인선하는 일이다. 장차 너와 함께 일을 해야 할 사람들이니만큼 네가 직접 살펴보고 판단해라."

"면접을 보려면 대궐로 불러들여야 하는데, 그래도 괜찮겠사옵니까?"

"물론이다. 필요한 게 있으면 김 내관을 통해 상선에게 부탁해라. 그러면 웬만한 일은 다 처리될 게다."

"그렇게 하겠사옵니다."

"그나저나 시강원의 사부들에게 들으니, 벌써 《논어》와 《대학》을 끝내고 《중용》을 배우고 있다고?"

"아바마마와 공부한 덕분에 《논어》와 《대학》을 쉽게 끝마칠 수 있었사옵니다."

"허허허! 참으로 대견하구나. 앞으로도 부디 지금처럼만 해 다오. 그러면 아비가 더 바랄 게 없다."

"최선을 다해 아바마마의 기대에 부응하겠사옵니다."

국왕이 호탕하게 웃었다.

"하하하! 말만 들어도 고맙구나."

국왕은 한동안 대화를 하다 돌아갔다.

국왕을 배웅한 세자는 마음을 다잡고서 지원서를 펼쳤다.

✼

서유원은 대구 서 씨 출신이다. 대구 서 씨는 수많은 명신 거유를 배출한 명문 중의 명문이다.

그러나 서유원은 조부가 서자여서 과거를 보지 못했다. 그래도 음서(蔭敍)로 한직이나마 관직을 맡기는 했다.

아쉽게 할아버지는 일찍 돌아가셨다.

그러면서 가문의 도움도 끊겨 가세는 급격히 기울었다. 할아버지를 여읜 아버지는 일찍 가장이 되어야 했다.

어린 가장에게 한양은 엄혹했다.

어쩔 수 없이 마포나루에서 하루 품삯을 받고 일하는 처지로 전락했다. 이런 아버지도 서유원이 태어나고 몇 해 지나지 않아 돌아가셨다.

다행히 어머니가 계셔서 천애고아가 되지는 않았다. 그러나 어려운 집안 형편으로 인해 일찍부터 전방의 점원이 되어야 했다.

점원 생활은 고되고 힘들다.

그럼에도 서유원은 시간만 나면 공부를 했다. 모친은 이런 아들을 위해 인연이 거의 끊긴 본가를 찾아 책을 빌려다 주는 수고를 마다하지 않았다.

그래서 서유원은 더 열심히 공부했다.

그러던 중 상무사가 설립되며 직원을 뽑는다는 소식을 들었다. 서유원은 혹시나 하는 심정으로 정성을 다해 지원서를 적어 냈다.

그런데 놀랍게도 면접을 보러 오라는 전갈을 받았다. 유원의 모친은 대궐에서 부른다는 말에 크게 놀랐다.

"이게 대체 어찌 된 일이냐? 대궐로 면접을 보러 오라니."

유원이 상세히 설명했다.

"……그래서 소자를 들어오라고 한 겁니다."

설명을 들은 모친은 더 놀랐다.

"영명하시다고 소문난 세자 저하께서 너를 부르셨다는 말이더냐?"

"그렇습니다."

"아아! 세상에 이런 광영이 다 있나."

유원의 모친이 벌떡 일어나 대궐 쪽으로 절을 했다. 유원은 그런 모친을 만류했다.

"어머니, 너무 기뻐하지 마세요. 아직은 합격한 게 아니어서 결과는 두고 봐야 합니다."

"아니다. 그렇지 않다."

"예? 그게 무슨 말씀이세요? 그렇지 않다니요?"

모친이 유원을 보며 설명했다.

"우리는 가진 게 아무것도 없다. 그런 너에게 입궐해서 면접을 보러 오라는 통보가 왔다. 어미가 봤을 때 세자 저하께서는 분명 너를 발탁하실 생각을 갖고 계실 거다. 그러니 마음 단단히 먹고 입궐하도록 해라."

유원은 난감했다.

"어머니의 말씀도 일리는 있습니다. 허나 세상일은 모르는 법이니, 너무 확신하지는 마세요. 기대가 크면 실망도 큰 법입니다."

유원의 모친이 질책했다.

"사내는 모름지기 자신감이 충만해야 한다. 그런데 너는 어찌 이렇게 자신을 낮추려고만 하는 거냐?"

"그건 아닙니다."

유원의 모친이 아들을 가르쳤다.

"자만심은 사람을 망치게 한다. 그러나 자존감이 없으면 그건 죽은 사람이나 마찬가지다. 어미가 비록 배움은 없지만 세상 사는 이치가 무엇인지는 안다. 그러니 너는 된다는 자신감을 갖고 입궐해서 저하를 뵙도록 해라. 어미는 누구보다 내 아들을 믿는다."

유원은 울컥했다. 그가 자리에서 일어나 큰절을 했다. 그러고는 무릎을 꿇고 모친에게 감사했다.

"소자를 믿어 주셔서 감사합니다. 어머니의 말씀대로 기죽지 않고 당당하게 면접을 보겠습니다. 그래서 세자 저하께 제가 진정 필요한 인물임을 반드시 밝혀 드리겠습니다."

"오냐, 그래야지. 그래야 내 아들이지."

이 말을 한 유원의 모친은 뒤로 돌아앉아서는 눈물을 훔쳤다. 유원은 그런 어머니의 등을 바라보며 마음속으로 몇 번이고 다짐했다.

'조금만 기다리십시오. 제가 반드시 합격해서 어머니를 편히 모시겠습니다.'

다짐하는 유원의 눈도 점차 붉어졌다.

며칠 후.

유원이 입궐하는 날이 되었다. 그의 모친은 벽장에서 고이 모셔 둔 관복을 꺼내며 감회에 젖었다.

"이 관복은 네 할아버지께서 생전에 입으시던 것이다. 그 관복을 네가 물려 입을 줄 몰랐구나."

잠시 관복을 쓰다듬고는 유원에게 건넸다.

"어서 입어 봐라. 품이 넉넉해서 불편하지는 않을 게다."

모친의 말대로 관복은 유원에게 딱 맞았다.

그 모습을 본 모친이 눈물을 훔쳤다.

"이렇게 헌헌장부인데, 스물이 넘고도 아직 짝을 맺지 못하다니……."

유원이 모친을 달랬다.

"어머니, 너무 상심하지 마세요. 이번에 꼭 합격해서 어머니도 잘 모시고, 좋은 사람도 만나겠습니다."

"나를 잘 모시는 건 바라지 않지만, 꼭 좋은 사람을 만나도록 해라."

유원은 배필보다 어머니가 중요하다고 말하려고 했다. 그러나 공연한 교언영색(巧言令色) 같아서 그냥 마음에 담아 두었다.

"……예, 어머니."

관복과 관모까지 쓴 유원이 모친에게 절을 했다.

"어머니, 절 받으세요."

"그래, 고맙다."

그렇게 절을 하고 방문을 여니, 댓돌에는 어느새 목화가 놓여 있었다. 유원은 잠깐 먹먹한 심정으로 신발을 내려다보다 목화를 신었다.

"발은 불편하지 않느냐?"

신발이 조금 헐렁했으나 유원의 대답은 달랐다.

"예. 아주 편하고 잘 맞습니다."

"다행이구나."

유원은 마당에 내려와 다시 길게 몸을 숙이고는 집을 나섰다.

유원이 사는 마포나루는 일반 백성들이 모여 살고 있었다. 이런 동네에 관복을 입은 사람을 보는 경우는 극히 드물다.

그렇다 보니 유원이 길을 나서자마자 어린아이들이 몰려들었다. 그 바람에 동구 밖에 이르렀을 때는 아이들로 인해 골목이 시끄러웠다.

마포나루에서 한양까지는 상당한 거리다.

처음 걸음을 옮겼을 때만 해도 관복 입은 사람이 없었다. 그러다 하나둘 보이기 시작하더니, 숭례문에 이르렀을 때는 수십여 명이나 되었다.

"줄을 서시오!"

한양을 출입할 때는 반드시 호패를 확인하고 짐을 검사한다. 관복을 입은 서유원도 예외는 아니어서, 줄을 서다 호패를 내밀었다.

수문장이 고개를 갸웃했다.

"으음? 관원이 아니었소?"

"예. 면접을 보러 입궐하기 위해 관복을 입었습니다."

"아! 오늘 있을 상무사 면접을 말하는구려?"

"그렇습니다."

수문장이 웃으며 호패를 넘겨주었다.

"하하! 잘해 보게. 오늘 자네와 같은 사람이 몇 사람 입성했다네."

"예, 고맙습니다."

성문을 통과한 유원이 도심을 가로질러 창덕궁의 단봉문(丹鳳門) 앞에 도착했다. 단봉문 앞에는 이미 십여 명이 대기하고 있었다.

창덕궁은 정문인 돈화문과 문무 관리들이 드나드는 금호문이 있다. 그리고 단봉문은 왕족이나 궁인들이 드나드는 출입문이다.

이런 단봉문에 관복을 입은 사람들이 모인 경우는 극히 드물다.

서유원이 도착하자 동궁의 김 내관이 불렀다.

"상무사 면접을 보러 온 사람이오?"

"그렇습니다."

대답한 서유원이 증서를 내밀었다.

김 내관은 자신이 가진 반쪽의 증서에 그것을 맞춰 보고는 다시 건네주었다.

"이름은 확인했소. 그런데 잠시 기다려야겠소. 보시다시피 사람이 다 오지 않아서 말이오."

"오늘 얼마나 많은 사람이 오는 겁니까?"

"전부 스물이오."

"혹시 몇 사람을 선발하는지 알 수 있는지요."

서유원의 질문에 대기하고 있던 사람들이 귀를 쫑긋했다. 그런 모습을 본 김 내관이 웃었다.

"본래는 열 사람을 뽑기로 했었소. 그런데 이번에 지원한 사람들 중 뛰어난 인재가 많아 인원을 더 늘릴 거란 말을 들었소이다."

"아! 그렇습니까?"

이때, 방금 온 사람이 나섰다.

"누가 면접을 봅니까?"

김 내관이 그를 알아봤다.

"오! 호조의 김 산학 훈도가 아니오?"

산학 훈도는 호조의 정9품이다.

산학 훈도 김윤근이 공손히 고개를 숙였다.

"오랜만에 뵙습니다."

"하하! 어서 오시오. 그렇지 않아도 이번에 호조에서 몇 사람이 지원했다는 말은 들었소이다."

"예. 저와 두 분이 더 있사옵니다."

"저하께서도 그래서 무척 좋아하셨지요. 아! 면접은 저하께서 직접 보실 예정이오."

세자가 직접 면접을 본다는 말에 사람들이 술렁였다. 그러다 누군가가 나서서 의문을 표시했다.

"저하께서는 아직 보령이 유충하신데 면접을 직접 보신다는 말씀이옵니까?"

김 내관이 혀를 쳤다.

"쯧쯧! 뭐를 몰라도 한참 모르네. 상무사 설립을 건의한 분이 세자 저하시오. 그리고 여러분을 일차 선발한 분도 저하시고. 그런 분이 면접을 못 할 이유가 어디 있겠소?"

세자가 1차 선발을 했다는 말에 또 술렁였다. 그러나 서유원은 다른 사람과 달리 오히려 더 잘되었다는 생각이 들었다.

'그래, 잘되었어. 세자 저하께서 일을 직접 추진하신다니, 나에게는 그보다 더 좋은 기회가 없어.'

서유원은 겉으로 티는 내지 않으면서 나름대로 결의를 다졌다.

시간이 조금 흘러 모든 사람이 모였다.

김 내관이 주의를 주었다.

"대궐에서는 경거망동하면 큰일 나니 조심 또 조심해야 하오. 그러니 들어가서는 나만 보고 따라오시오."

개혁군주

김 내관이 손짓하자 닫혔던 문이 열렸다.

"자! 천천히 줄지어 들어갑시다."

김 내관의 말에 서유원은 두 손을 모으고 몸을 숙였다. 그러고는 조심스럽게 대궐로 들어섰다.

대궐로 들어선 유원은 놀랐다.

'이야! 문 하나 사이인데 안과 밖의 기운이 이렇게 달라지는구나. 대궐로 들어오니 공기조차 무거워진 느낌이야.'

이런 생각이 드니 몸이 더 조심스러워졌다. 김 내관은 이들을 대궐의 외곽을 따라 인솔했다.

창덕궁은 수많은 문과 담장이 둘러쳐져 있다. 그런 경내의 가장 바깥에는 관리가 아닌 사람이 드나드는 별도의 공간이 있다.

서유원은 그런 공간을 지나면서 많은 사람을 접할 수 있었다. 그곳에는 진상품을 가져온 경아전들과 물건을 검수하는 숙수들, 그리고 그들을 도와주는 여러 사람이 모여 있었다.

김 내관은 그런 사람들을 잘 피해 가며 이들을 안내했다. 그러면서 몇 개의 문을 지나 도착한 곳이, 익위사들이 수련과 근무를 하는 곳이었다.

"자! 다들 여기서 잠시 기다리시오."

김 내관은 면접자들을 익위사 무관에게 넘겨주었다. 그러고는 세자가 기다리는 전각으로 들어갔다.

그리고 잠시 후.

"지금부터 면접을 시작할 것이오. 호명하는 사람부터 한 사람씩 안으로 들어오시오. 먼저 김윤근은 안으로 드시오."

산학 훈도가 먼저 불려 갔다. 그렇게 시작된 면접은 한 사람씩 꽤 많은 시간이 걸렸다.

말미쯤, 김 내관이 소리쳤다.

"서유원은 안으로 드시오!"

이름이 불리자 유원은 긴장했다.

"후!"

유원은 한숨을 크게 쉬며 마음을 다잡았다. 그러고 나서는 성큼 걸음을 옮겼다.

내 사람을 만들다

전각으로 다가서니 김 내관이 문을 열어 주었다.

"안으로 드시오."

"감사합니다."

한 번 더 심호흡을 하고는 안으로 들어갔다.

넓지 않은 전각의 중앙에 세자가 앉아 있었다. 그런 세자의 뒤로 익위사 무관이 서 있었다.

"자리에 앉으세요."

"황감하옵니다."

유원이 공손히 자리에 앉았다.

세자가 그런 유원을 유심히 바라보다 서류로 시선을 돌렸다.

"대구 서 씨 출신이군요."

"예, 그렇사옵니다."

"명문의 후예이면 과거를 보지 않고요?"

"집안이 서출이옵니다. 그리고 어려서 부친이 돌아가신 바람에 가세가 빈한해 공부만 할 처지가 아니었사옵니다."

"그래서 전방의 점원이 되었고요."

"예. 홀로 고생하시는 어머니를 도와드릴 수 있는 길이 그것뿐이었습니다."

"그래도 경전 공부는 꾸준히 했다고요?"

유원의 눈이 붉어졌다.

"아무리 서출이어도 공부를 게을리할 수 없었사옵니다. 그게 아버지의 유지를 받드는 길이었고요. 그 바람에 어머니께서 늘 고생하셨지요."

"모친이 고생하다니요?"

"예, 그렇습니다."

"사연을 듣고 싶은데 가능하겠어요?"

유원이 머뭇거리다 한숨을 내쉬었다.

"후! 저희 집은 어려워 집에 보관된 책이 얼마 없습니다. 그래서 어머니께서는 본가를 찾아가 늘 사정하며 책을 빌려 오셨습니다. 그런 어머니의 수고 덕분에 지금까지 제가 책을 손 놓지 않을 수 있었사옵니다."

세자가 탄성을 터트렸다.

"아! 모친이 고생 많았군요."

개혁군주

"예. 조부께서 서자이셔서 본가와는 거의 인연이 끊어져 있었습니다. 그런 본가를 어머니께서는 아들을 위한다고 찾아가셔서……."

유원은 울컥해 말을 잇지 못했다.

세자는 그런 유원을 위해 잠시 시간을 내주었다.

"그래서 공부한 게 무엇이지요?"

유원이 지금까지 익힌 책을 죽 나열했다.

그 말을 듣던 세자가 고개를 갸웃했다.

"유교 경전만 익힌 게 아니군요."

"과거를 볼 처지가 아니어서요. 그래서 나중에라도 도움이 될까 싶어서 의학 서적을 주로 빌려서 읽고 있사옵니다."

"그래서 읽은 서적이 십여 권이고요."

"그렇사옵니다."

"임상을 해 본 적은 있나요?"

유원이 어리둥절했다.

"임상이 무엇이옵니까?"

"아! 직접 환자를 본 적이 있나요?"

"동네에서 아픈 사람들에게 단방약(單方藥) 처방은 몇 번 해 준 적이 있사옵니다. 하지만 실제 환자를 본 적은 없사옵니다."

"흠! 그럼 앞으로 의원이 될 생각은 있고요?"

유원이 씁쓸한 표정을 지었다.

"생각이 있다고 해서 의원이 될 수는 없사옵니다. 의원이 되려면 의가(醫家) 출신이거나 어려서부터 의원 밑에 들어가 오랫동안 봉사하며 의술을 익혀야 하옵니다. 허나 소인은 이미 나이가 스물이어서 받아 줄 곳이 없사옵니다."

세자가 한 번 더 확인했다.

"생각이 없지는 않다는 말이군요."

유원은 의아했다. 상인이 되기 위해 상무사 면접을 보러 왔는데, 세자는 다른 질문을 하고 있었다. 그러나 묻는 말에 대답하지 않을 도리가 없었다.

"그렇기는 하옵니다."

"알았어요."

세자는 말을 돌려 전방에서 겪은 일을 한동안 질문했다. 그 질문에 성실히 대답한 유원에게 세자가 몇 번이고 고개를 끄덕였다.

"그만 되었어요. 오늘은 여기까지 하고, 추후 기회가 되면 다시 보도록 하지요."

유원이 자리에서 일어나 정중히 몸을 숙였다. 그러고는 마음속에 있는 말을 했다.

"아무리 어려운 일을 시키시더라도 절대 마다하지 않겠사옵니다. 하오니 견마지로를 다할 기회를 주셨으면 하옵니다."

세자가 눈을 크게 떴다.

지금까지 면접을 본 사람 중 마지막에 이런 말을 한 사람은 없었기 때문이다. 그래서 세자가 일부러 강한 질문을 했다.

"죽을 수도 있는 일이라도 하겠다는 말인가요?"

유원은 움찔했으나 이내 가슴을 폈다.

"그 일이 저하와 조직을 위하는 일이라면 마다하지 않겠사옵니다."

"알겠어요. 그대의 생각은 충분히 알았으니 돌아가서 기다리세요."

"황공하옵니다. 그럼 소인은 이만 물러가겠사옵니다."

유원이 절을 하고 공손히 물러났다.

유원이 나가자 세자가 뒤를 돌아보며 확인했다.

"이 익위사가 보시기에 어때요?"

"의외로 강단이 있는 사람이군요. 나이도 많지 않은데 저하 앞에서도 저렇게 당당히 자신을 표현할 줄도 아네요."

"그러게 말이에요. 의외의 인재를 만난 기분이네요."

"그래도 가까이 두시려면 철저하게 확인을 해야 하옵니다."

"그래야겠지요. 앞으로 오랫동안 같은 길을 갈 사람인데 쉽게 뽑을 수는 없지요."

"결정을 하시면 하명하십시오. 소장들이 당사자는 물론 주변을 철저히 조사해서 올리겠사옵니다."

"그래요. 우선 면접부터 마치고 봐요."

이원수가 밖에 대고 소리쳤다.

"김 내관, 다음 사람들이시오!"

면접을 보고 나온 유원은 심사가 복잡했다.

'이상한 일이네. 왕실 상단에 필요한 사람이면 상업에 대해 질문해야 하는데 어떻게 의학을 질문하시지?'

유원이 전각을 돌아봤다.

'혹시 내가 상업에 소질이 없어 보여서 다른 질문을 하신 건가? 아니야. 그럴 거면 질문을 많이 하실 필요가 없지.'

몇 번이고 고개를 갸웃했으나 답을 얻을 수는 없었다. 그렇게 뭔가 찜찜한 느낌으로 면접을 마치고 돌아왔다.

❀

유원의 모친은 길쌈과 삯바느질을 하며 생계를 꾸려 왔다. 그래서 거의 대부분 집에서 생활한다.

여느 날처럼 바느질을 하던 모친은 제법 쌀쌀한 날임에도 문을 열고 있었다. 그러다 멀리서 유원이 보이자 하던 일을 멈추고 달려 나왔다.

"아이고! 어서 오너라."

"날이 제법 찬데 왜 나오셨어요."

"네가 큰일을 하러 갔는데 당연히 나와 봐야지. 어서 들어가자. 해가 지니 추워지는구나."

그렇게 아들을 방으로 들인 모친은 얼른 부엌으로 나갔다. 그러고는 미리 봐 둔 상을 방으로 들이고는, 아랫목에 넣어

둔 밥그릇을 상에 올렸다.

"어서 들어라. 종일 아무것도 먹지 못해 시장하겠다."

조선에서 점심을 먹는 경우는 극히 드물다. 유원도 이른 아침 길을 나섰던 터라 종일 속이 비어 있었다.

그래서 밥을 크게 한술 뜨려다 옆에 계신 모친을 보고는 멈칫했다.

"어머니도 드셔야지요."

"먼저 먹어라. 나는 네가 먹고 나중에 먹으마."

유원이 말없이 일어나서는 방을 나가 부엌으로 들어가 솥을 열었다. 솥에는 밥그릇이 들어 있었으며, 그 안에 눌은밥이 조금 들어 있었다.

그것을 본 유원은 울컥했다.

유원은 솥 안의 밥그릇과 큰 그릇을 들고서 방으로 들어왔다.

모친이 당황했다. 그러나 유원은 가져온 큰 그릇에 두 밥을 섞어서 다시 담아 모친께 드렸다.

"제 밥을 드리면 드시지 않을 테니 이렇게 섞어서 드리는 겁니다. 그러니 저 주신다고 덜어 내지 마시고 그대로 드세요."

모친이 유원을 꾸짖었다.

"어미가 해 준 밥을 그냥 먹지 않고 이게 뭐 하는 게냐."

"어머니, 이렇게 먹으면 입은 거칠어도 마음은 편합니다. 그러니 다음에도 이렇게 들도록 해요."

"……오냐, 알았다."

유원은 일부러 달게 먹었다. 그러면서 한양까지의 풍경과 대궐, 그리고 면접을 봤던 내용을 설명했다.

모친이 의아해했다.

"이상한 일이구나. 저하께서 너에게 의학을 중점적으로 물으시다니."

"그게 지금도 의문이옵니다."

"기다려 보자. 진인사대천명이라고 했다. 네가 최선을 다했으니, 그걸 알아주시지 못하면 어쩔 수 없는 일이지. 우선은 주어진 일에나 충실하도록 해라."

"예, 어머니."

그렇게 모자는 아쉬운 심정을 털어 냈다.

유원은 모친의 당부대로 전방 점원으로 열심히 일했다. 그리고 집에 돌아와서는 다시 책을 손에 놓지 않았다.

그렇게 며칠의 시간이 지났을 때였다.

이날도 유원은 종로 전방에서 열심히 점원으로 일을 했다. 이때 몇 명의 병사들과 무관이 다가왔다.

"이곳에 서유원이란 사람이 있나?"

서유원은 혹시 하는 심정으로 나섰다.

"소인이 서가 유원이옵니다."

무관은 익위사 무관으로, 유원을 아래위로 훑었다.

"그대가 상무사에 지원서를 넣은 사람인가?"

"그렇습니다."

"그러면 잠시 나를 따르게."

"어디로 가시는지요? 보시다시피 소인은 일을 하고 있어서 몸을 뺄 수가 없습니다."

"기다려라."

익위사 무관이 전방 안으로 들어갔다. 그러고는 주인과 몇 마디 대화하고 나왔다.

"가자! 주인에게 허락을 받았으니 가도 된다."

주인도 밖으로 나오며 손을 저었다.

"어서 가 봐라. 뭣 때문에 너를 부르는지 모르지만, 나라에서 부르니 가야지."

유원이 하던 일을 멈췄다.

"예. 그럼 소인 다녀오겠습니다."

인사를 마친 유원은 익위사 무사를 따라 한참을 걸었다. 그렇게 해서 도착한 관청 현판을 본 유원이 고개를 갸웃했다.

전의감(典醫監)

'아니, 이곳은 왕실에서 사용하는 약재를 관리하는 곳인데. 여길 왜 온 것이지?'

"들어가세."

그렇게 유원을 데리고 간 곳에는 한 명의 관리가 앉아 있었다.

무관이 그에게 고개를 숙였다.

"처음 뵙겠습니다. 익위사 좌시직(左侍直) 황운성입니다."

"어서 오시오. 전의감 봉사(奉事) 허적이외다."

"동궁에서 기별은 받으셨는지요?"

"그렇소이다."

대답한 허적이 유원을 내려다봤다.

"저 젊은이인가 보오?"

"예, 맞습니다."

허적이 헛기침을 했다.

"어험! 너는 이리 올라와 앉아라."

유원은 얼떨떨한 표정으로 대청에 올랐다.

"네가 의서를 공부했다고 들었는데, 무슨 책을 익힌 것이더냐?"

"별로 많지는 않사옵니다."

이러면서 몇 권의 책명을 댔다.

허적이 일어나서 책장에서 몇 권의 책을 꺼냈다.

"이 책이 맞느냐?"

"그렇사옵니다."

"익혔다고 자부할 정도면 내용은 충분히 숙지했겠지?"

개혁군주

"나름대로 외우기는 했으나……."

허적이 말을 끊었다.

"변명은 되었다. 지금부터 내가 질문을 할 터이니, 너는 아는 대로 대답하면 된다."

갑자기 온 터라 유원은 내심 크게 당황했다. 그래서 잠시 시간을 달라고 하려 했다.

그러나 고깝게 내려다보는 허적의 눈을 보는 순간 마음을 다잡고서 대답할 수밖에 없었다.

"알겠사옵니다."

허적의 질문이 시작되었다.

유원은 최선을 다해 대답했다. 잠깐 실수하거나 망설이기도 했지만, 이내 제대로 대답했다.

처음에는 대충 하던 질문이, 꼬박꼬박 대답이 나오자 점차 깊이가 더해져 갔다. 본래는 유원의 의학적 지식을 알아보기 위해 시작된 질의응답이었다.

그런데 허적은 점차 얼굴까지 붉혀 가면서 책을 뒤졌다. 자신이 숙지한 지식이 동나다 보니 어쩔 수 없이 책을 들춰야 했다.

그런 질문에도 유원은 꼬박꼬박 대답했다. 그게 화가 난 허적의 질문은 더 난해해져 갔다.

이런 시간이 길어지자 사람이 모여들었다. 그렇게 되니 허적의 얼굴은 더 붉어져만 갔다.

이때였다.

"그만!"

누군가의 외침에 질문이 중단되었다. 화가 난 허적이 자리에서 벌떡 일어났다.

"누가 감히 내 말을 막는 게냐?"

그러던 허적의 얼굴이 새하얗게 탈색되었다.

"제, 제조(提調) 대감."

마당에서 자신을 노려보는 사람이 전의감 제조였던 걸 그제야 알아챈 것이다.

허적이 황급히 마당으로 내려가 부복했다.

전의감 제조가 호통을 쳤다.

"네가 지금 무슨 잘못을 저질렀는지 알고 있느냐?"

"소, 송구하옵니다. 소인은 그저 저 사내의 의학 지식을 학인하고 있었을 뿐이옵니다."

"네 이놈! 네놈의 지식이 모자라면 거기서 그칠 일이지, 어찌 책까지 뒤져 가면서까지 사람을 곤란하게 만드는 게냐? 그리고 그렇게 해서 상대의 지식을 충분히 파악했으면 거기서 멈출 일이지, 어떻게 끝내려 하지 않은 게냐?"

제대로 된 추궁에 허적이 말을 못 했다.

"어찌 대답을 못 해! 당장 왜 그랬는지 이실직고하지 못할까?"

몸을 떨던 허적이 겨우 대답했다.

"……소, 송구하옵니다. 의원도 아닌 자가 너무도 대답을 잘하는 것이 화가 나서 그만⋯⋯."

전의감 제조의 화가 머리끝까지 치솟았다.

쾅!

화가 난 그가 발을 구르며 호통쳤다.

"네 이놈! 병자를 보살피고 의생을 가르쳐야 할 의원은 누구보다 냉정해야 한다. 그런데 네놈은 질투에 사로잡혀 사람을 곤란하게 하다니. 네놈이 정녕 의원이더냐, 아니면 마구니더냐!"

허적이 떨며 손을 싹싹 비볐다.

"송구하옵니다. 소인이 잠시 공명에 눈이 어두웠사옵니다. 용서하여 주시옵소서."

"시끄럽다! 이봐라, 전의감 정(正)!"

전의감은 3품 아문으로 최고 실직이 정이었다. 옆에 있던 관리가 몸을 숙였다.

"하교하시옵소서, 대감."

"이놈을 당장 파직하라! 약재를 다루고 의생을 가르치는 전의감에 저렇게 탐심으로 가득한 자는 필요 없다. 그러니 당장 내쫓도록 하라!"

허적이 벌벌 떨며 사정했다.

"대감! 용서하여 주시옵소서."

그가 아무리 사정해도 잘못이 너무 명확했다. 그렇다 보니 전의감 정도 어떻게 할 도리가 없었다.

"무엇을 하는가? 병사들은 허 봉사를 당장 끌어내지 않고."

대기하고 있던 병사들이 이 말에 바로 달려들어 허적을 끌어냈다. 허적은 끝까지 끌려 나가지 않으려 발버둥 쳤지만, 이내 정문 밖에 내동댕이쳐졌다.

유원은 황당하고 정신이 없었다. 자신 때문에 의원 한 명이 파직되어 쫓겨났다.

허적을 쫓아낸 전의감 제조가 대청에 올랐다. 그러고는 마당에 무릎을 꿇고 있는 유원을 불렀다.

"이리 올라와 앉도록 해라."

유원이 일어났다. 그러고는 조심스럽게 두 손을 모으고서 대청에 올라가 앉았다.

"그렇지 않아도 동궁께서 사람을 알아보라는 하명이 있었다고 들었다. 그래서 와 봤는데 이런 사달이 났구나. 그래, 어디서 사는 누구냐?"

"소인은 마포에 사는 서가 유원이라고 하옵니다."

전의감 제조의 눈이 커졌다.

"서가라고 했느냐?"

"예, 대감."

"허허! 혹시 관향(貫鄕)이 대구더냐?"

"그렇사옵니다."

"그러면 유(有) 자 돌림이겠구나."

"예, 대감."

"으음! 전방의 점원이라고 들었는데, 어떻게 된 사연이더냐?"

유원이 조부가 서자 출신이라고 설명했다. 그런 설명에 조금의 위축도 보이지 않았다.

전의감 제조가 크게 고개를 끄덕였다.

"그랬구나. 어려운 과정에도 의학을 익히고 있었다니 대견하구나."

전의감 제조가 의서를 보며 놀라워했다. 탁자에 놓인 의서의 숫자가 결코 적지 않았기 때문이다.

"이 모든 의서를 전부 익혔느냐?"

"주마가편으로 그저 외우기만 했을 따름이옵니다."

"허허! 그러면서도 질문에 막힘이 없었어?"

"조금 전의 의원이 쉬운 문제를 내주어서 그랬을 뿐이옵니다."

"허허허!"

전의감 제조가 한동안 너털웃음을 터트렸다. 일부러 어려운 문제를 골라 낸 것을 봤는데도 유원이 그걸 내색하지 않았기 때문이다.

전의감 제조가 궁금해했다.

"그런데 왜 의과를 보지 않은 것이냐?"

유원이 몸을 숙였다.

"의서는 본가에서 빌려서라도 익힐 수 있었습니다. 하오나 의술은 연고가 없으면 익힐 수 있는 길이 없어서……."

전의감 제조가 안타까워했다.

"허! 그랬구나. 그랬어."

한동안 안타까워하던 그가 확인했다.

"지금이라도 의술을 익혀 보지 않겠느냐?"

유원이 고개를 저었다.

"말씀은 감사하오나, 집에 어머니가 계십니다. 그런 어머니를 두고 의술을 배울 수는 없사옵니다."

"의술을 배우는 데 시간이 걸리지만, 그래도 익히고 나면 집안에 도움이 되지 않겠느냐?"

"어머니께서 병약하십니다. 그런 분을 놔두고 혼자 잘 살겠다고 의술을 배울 수는 없사옵니다."

"허허! 그거 참."

전의감 제조가 몇 번이나 혀를 차며 아쉬워했다. 그러나 더 이상 권하지 못하고 고개를 돌렸다.

"전의감 청이 보기에 이 정도의 지식이면 통(通)을 주어도 되겠지?"

"물론이옵니다."

전의감 제조가 그 자리에서 무언가를 써서 익위사 무관에게 건넸다.

"자네는 이걸 세자 저하께 전해 드리도록 하게."

"예, 대감."

전의감 제조가 유원을 바라봤다.

"시험은 끝났으니 이만 돌아가도 좋다."

개혁군주

"감사하옵니다."

"그리고 책이 필요하면 언제라도 우리 집으로 오도록 해라."

그러면서 또 한 장의 문서를 작성해 주었다. 문서에는 집안 출입을 허락한다는 내용과 수결이 되어 있었다.

문서를 건네면서 자신의 이름을 밝혔다.

"내 이름은 매수(邁修)로 너와 같은 대구 사람이다. 너와는 항렬로 숙부뻘이니, 앞으로 나를 보면 숙부라 부르도록 해라."

유원이 황급히 머리를 숙였다.

"소인은 서출이옵니다. 그런 소인이 어찌 대감을 그렇게 부르겠사옵니까?"

서매수가 고개를 저었다.

"아니다. 괜찮다. 그러니 나를 보면 주저 말고 숙부로 부르도록 해라. 그리고 내가 지금 의정부 우참찬(右參贊)으로 있으니, 혹여 도움이 필요하면 언제라도 의정부로 찾아와라."

유원이 대답을 못 하자 서매수가 꾸짖었다.

"어허! 꼭 잊지 말고 그렇게 해라. 알겠느냐?"

"예, 그리하겠사옵니다."

"돌아가 봐라. 며칠 내로 대궐에서 사람이 갈 터이니 집에서 기다리고 있도록 해라."

당장 하루 벌이가 걱정인 유원이었다. 그러나 기다리라는 말에 안 된다고 할 수는 없었다.

"……그렇게 하겠사옵니다."

유원이 큰절을 하고 물러났다. 서매수는 그런 유원을 안타까운 눈으로 바라봤다.

전의감 정이 조심스럽게 의견을 냈다.

"재주가 안타까운 젊은이군요."

서매수도 안타까워했다.

"그러게 말일세. 서출이 아니었다면, 아니 집안이 빈한하지만 않았다면 충분히 나라의 동량이 될 아이인데. 아쉬워."

서매수는 말을 하면서도 끝까지 유원을 바라봤다.

전의감을 나오자 익위사 무관이 유원의 등을 두드려 주었다.

"서 대감은 성품이 워낙 원만하셔서 주변에서 장자(長子)라는 칭송을 받는 분이야. 그런 대감께서 자네를 눈여겨보시게 되었으니, 앞으로 좋은 일이 많겠어."

유원은 뭐라 대답을 못 했다.

처음으로 가문의 어른을 뵈었고, 서출인 자신을 조카로 인정했다. 그동안 단 한 번도 가문과의 접촉이 없었던 유원으로선 당황스럽고 얼떨떨했다.

그저 고개를 숙여 인사를 할 뿐이었다.

"신경 써 주셔서 감사합니다."

"하하! 너무 긴장하지 않아도 돼. 저하께서 일부러 재시험을 보게 한 건 자네를 중히 쓰기 위함이야. 그런데 서 대감까지 자네의 실력을 알게 되었으니 기대해도 좋을 걸세."

유원은 익위사 무장에게 몇 번이고 고마움을 표시했다. 그러면서 돌아오는 길의 발걸음은 그 어느 때보다 가벼웠다.

❈

　다음 날.

　"계세요?"

　평상시였다면 전방을 나가 있을 시간에 누군가 부르는 소리가 들렸다. 모처럼 어머니와 늦은 아침을 먹고 있던 유원이 방문을 열었다.

　"뉘시오?"

　대문 밖에 털벙거지를 쓴 중늙은이가 서 있었다.

　"이 댁이 이번에 상무사를 지원한 서유원의 집이 맞소?"

　"그렇습니다만."

　"다행히 잘 찾아왔구나."

　중늙은이가 손짓을 했다.

　"물건을 안으로 들이도록 해라."

　사람 몇이 마당으로 들어왔다. 그런 그들의 지게에는 쌀가마니가 얹혀 있었다.

　유원이 놀라 밖으로 나왔다.

　"이게 뭡니까?"

　"북촌의 서 대감께서 보내신 양곡과 장(醬)이라네. 이 물건들을 어디에 놓으면 되겠나?"

"북촌의 서 대감이라니요?"

"의정부 우참찬인 서매수 대감 말이네."

유원이 깜짝 놀랐다.

"아니! 그분이 왜 이걸 보내신 겁니까?"

중늙은이가 품에서 편지를 꺼내 건넸다.

"나도 지시를 받고 하는 일이니, 내용은 잘 모르네. 여기 대감의 서신이 있으니 읽어 보시게. 아! 그보다 무거운 쌀섬부터 들여놓아야 하니 장소부터 지정해 주게."

방 두 칸의 초가에는 변변한 창고도 없었다. 유원은 급히 자신이 머무는 건넌방을 열었다.

"이리로 들여 주시지요."

그의 말이 떨어지기 무섭게 쌀섬이 방으로 들어갔다. 쌀은 모두 3섬이나 되었으며, 간장과 된장은 항아리에 담겨 있었다.

중늙은이는 그런 항아리를 장독대에 놓고는 선걸음에 돌아갔다. 그들이 돌아가고 나서야 유원의 모친이 정신을 차렸다.

"아니, 새벽 댓바람부터 이게 무슨 일이냐? 갑자기 쌀과 간장 된장이 들어오다니."

유원이 급히 편지를 꺼냈다.

"아!"

편지에는 새로 조카를 얻은 게 기쁘다는 내용이 적혀 있었다. 그러면서 집이 빈한해도 절대 좌절하지 말라는 격려도 함께 들어 있었다.

유원이 전날의 만남을 모친에게 설명했다. 모친이 눈물을 쏟으며 기뻐했다.

"본가는 책을 빌리는 것조차 눈치를 주었다. 그런데 촌수도 먼 서 대감께서는 너에게 그런 인정을 베푸시다니. 참으로 고마운 분이로구나."

유원이 다짐을 했다.

"어머니, 걱정 마세요. 앞으로는 제가 어떤 일이 있어도 집안을 일으켜 세우겠습니다."

모친은 대답 대신 연신 눈물을 흘리며 고개를 끄덕였다. 그런 모친을 보듬은 유원은 자신도 모르게 눈물을 흘리고 있었다.

❀

이날 오후.

유원의 소식이 세자에게 전해졌다. 때마침 세자와 함께 있던 국왕이 흐뭇해했다.

"역시 서 대감은 장자로구나. 아무리 친인척이라 해도 외면을 하는 게 보통인데, 서 대감은 작은 인정을 베풀어 사람을 얻게 되었구나."

세자가 아쉬워했다.

"서얼 차별이 빨리 철폐되어야 하옵니다. 그러지 않으면 나라의 동량이 될 인재들이 무수히 스러져 가게 되어 있사옵니다."

국왕도 동조했다.

"옳은 말이다. 과인도 그래서 서얼 차별을 철폐하려고 여러 조치를 했다. 헌데도 중신들의 반대가 심해 지금껏 온전히 뜻을 이룰 수가 없었다."

"그러셨군요."

"아비는 정유년에 정유절목(丁酉節目)을 반포한 적이 있다. 그때 이후 서얼의 허통 범위를 크게 확대하고 있기는 하다."

"그래서 규장각의 검서관 제도도 도입하셨고요."

"그렇다. 허나 전면 허통은 좀 더 시간을 두어야 할 것 같구나."

세자도 동조했다.

"시간이 지나면 중지는 분명 모일 것이옵니다."

"옳은 말이다. 대세의 흐름을 누구도 막을 수는 없다. 그게 아무리 기득권을 가진 세력이라도 말이야."

국왕이 서류를 내려놓았다.

"상무사의 인원 선발은 잘된 것 같구나. 그런데 서유원을 추가로 시험을 보게 한 이유가 따로 있느냐?"

"조선의 약학은 병의 치료에 중점을 두고 있사옵니다. 그렇다 보니 처방은 의원 개인의 경험에 의존하는 경우가 많고요. 저는 그래서 이번 기회에 예방약학을 새로 시도해 보려고 하옵니다."

"정약용을 통해 천연두 예방약을 만들겠다는 생각과 통하는 말이구나."

"그렇사옵니다. 그리고 제가 가진 지식을 전수하려고 하옵니다. 그래서 서유원과 같은 인재들로 하여금 진통제와 같은 약재들을 개발하려고 하옵니다."

"일반 의원들에게 시키지 않고?"

"기존의 의원들은 타성에 젖어 있는 경우가 대부분이옵니다. 그런 사람들에게 약재 개발을 의뢰하면 자칫 배가 산으로 갈 수도 있사옵니다."

국왕은 두말하지 않았다.

"네가 하는 일이니 어련하겠지. 알았다. 이달 말 경 정약용이 올라오면 너를 찾으라고 이르마."

"그도 강화로 보내야겠지요?"

"당연히 그래야지. 그러지 않고 한양에 두면 벽파의 등쌀을 견뎌 내기 어렵다. 그리고 네 말대로 강화유수부와 진무군영의 인원을 대폭 보강했다. 그래서 검서관 출신들과 네 일에 도움을 줄 인사들을 선발해 거기로 보내려고 한다."

"황감하옵니다. 유수로 점찍었던 이가환 대감은 만나 보셨사옵니까?"

"어제 입궐해서 만나 봤다."

"뭐라고 하던가요?"

"아주 흔쾌히 승낙하더구나."

세자가 크게 기뻐했다.

"잘되었사옵니다. 그 사람이라면 우리가 추진하려는 일에 큰 도움이 될 것이옵니다."

국왕도 흐뭇한 미소를 지었다.

"그래. 이대로라면 강화도가 우리 조선 개혁의 심장이 될 듯하구나."

"그렇게 되도록 최선을 다해야지요."

"내일부터 이가환 대감을 비롯한 여러 사람이 너를 만나러 올 것이다. 시간이 걸리겠지만 너는 그들을 꼭 너와 같은 길을 가도록 만들어야 한다."

세자의 고개가 절로 숙여졌다.

"소자, 반드시 그렇게 만들겠사옵니다."

"허허허! 이가환은 아비가 오래전부터 재상(宰相)으로 점찍어 둔 사람이다. 찰방으로 나가 있는 정약용도 마찬가지다. 그러니 그 두 사람은 특히나 더 신경을 써서 상대하도록 해라."

"명심하겠사옵니다."

국왕은 자신이 천거한 인재들을 하나하나 호명하며 특성을 알려 주었다. 세자는 이런 국왕의 배려에 거듭 감사하며 연필을 조금도 쉬지 않았다.

❀

다음 날 오후.

세자가 유덕당에서 서류를 읽고 있었다.

"저하, 충주목사가 왔사옵니다."

"들라 하세요."

문이 열리고 단아한 관리가 안으로 들어왔다.

세자가 환하게 웃으며 그를 반겼다.

"어서 오세요."

"처음 뵙겠습니다. 충주목사 이가환이라고 하옵니다."

"자리에 앉으시지요."

"감사합니다."

이가환이 자리에 앉자 차가 나왔다. 세자에게는 따뜻하게 덥힌 우유가 차 대신 나왔다.

세자가 권했다.

"드시지요."

"예, 저하."

12월에 접어들면서 날이 꽤 추워졌다. 세자는 이가환이 차로 몸을 녹일 때까지 기다렸다.

"아바마마께 말씀 들었습니다. 강화유수로 가겠다고 승낙하셨다고요."

"그렇습니다. 앞으로 강화에서 많은 일이 생긴다는 전하의 말씀을 듣고 흔쾌히 승낙했습니다."

"강화로 가시면 당분간 한양으로 올라오기 어려우실 터인데, 괜찮겠습니까?"

이가환의 대답에 거침이 없었다.

"물론입니다. 어차피 작금의 조정 상황으로는 제가 한양에 없는 것이 주상 전하를 도와드리는 길입니다. 허용만 된다면 강화에서 한동안 머무르려고 합니다. 그러면서 나라의 개혁에 도움이 되었으면 더 좋겠고요."

"대감께서 도와주신다면 천군만마입니다. 아바마마와 저는 강화도를 개혁의 요람으로 만들려고 합니다."

세자가 강화에서 추진하려는 사업을 조목조목 설명해 주었다.

설명을 들은 이가환은 크게 놀랐다.

"정녕 그 모든 일을 추진하시려고 하옵니까?"

"물론입니다. 그래서 일부러 강화도를 왕실 직할령으로 만든 것이에요."

이가환의 안색이 돌연 심각해졌다.

"개혁은 신도 찬성하는 일입니다. 허나 개혁에 반대하는 자들이 많아 해코지를 하지나 않을까 저어되옵니다."

"천주학이 빌미가 될까 걱정하시는군요."

이가환이 크게 놀랐다.

"저하께서 천주학도 아십니까?"

"당연히 잘 알지요. 대감께서는 조정에서의 천주학 논쟁 때문에 충주로 내려가신 거 아닙니까?"

"후! 그렇사옵니다. 솔직히……."

세자가 손을 들었다.

"잠시만요. 저는 대감께서 어떤 종교를 갖고 계신지는 알고 싶지 않습니다. 종교는 개인의 양심에 따라 선택하는 것이니까요."

이가환의 눈이 찢어질 듯 커졌다.

"저하!"

"허나 개혁을 추진하는 데 문제가 되는 일은 없었으면 합니다."

"그 부분은 걱정하지 마십시오. 저는 분명히 배교했고, 앞으로도 천주학을 믿지 않을 생각입니다."

세자가 고개를 저었다.

"조금 전에도 말씀드렸지만, 종교는 개인이 양심에 따라 선택하는 겁니다. 아바마마께서도 관대하게 대처하고 계시고요. 하지만 유학에 반하는 행위를 하면 그게 용서가 되겠습니까?"

이가환도 아쉬워했다.

"그래서 저도 배교를 하게 된 것입니다."

"개혁을 추진하는 강화에서 그런 일이 일어나지 않아야 합니다. 그러니 대감께서 그 문제만큼은 잘 대처해 주셨으면 합니다."

"성려 마십시오. 보수 정파의 빌미가 되는 일이 일어나지 않도록 철저하게 관리하겠사옵니다."

두 사람은 많은 대화를 나누었다.

이가환은 대화를 할수록 세자의 박학다식에 놀라고 또 경악했다. 그러면서 세자와 함께할 여정에 대한 기대감으로 한껏 고양되었다.

이렇게 시작된 면담은 거의 매일 이어졌다.

지방에 나가 있던 박지원이 들어왔다. 박제가도 입궐해서 면담했다. 이어서 규장각의 검서관 출신들도 몇 사람 입궐했다.

이들 모두 강화도에서 근무할 사람들이었다. 그래서인지 국왕은 개혁 성향의 검서관들을 선발했다.

이들은 세자와 면담을 하고 나면 누구 할 것 없이 감복했다.

❋

그렇게 연말이 다 될 무렵, 드디어 정약용이 동궁을 찾았다.

"어서 오세요."

30대의 정약용이 조심스럽게 들어와 몸을 숙였다.

"처음 뵙겠습니다. 금정찰방 정가 약용이라고 합니다."

"반가워요. 아바마마로부터 말씀 많이 들었어요."

정약용의 눈이 커졌다.

"주상 전하께서 신을 저하께 말씀하셨다고요?"

"그래요. 아바마마께서 장차 큰일을 할 분이라고 하셨어요. 그런 분이 좋지 못한 일에 휘말려 안타깝다고 하셨고요."

개혁군주

"아아! 그러셨군요."

정약용의 집안 전체가 천주교를 신봉했다. 정약용도 일찍 입교해 세례를 받았고, 이게 문제가 되어 급제하자마자 유배를 가기도 했다.

세자가 조심스럽게 질문했다.

"지금도 천주교를 믿습니까?"

정약용이 고개를 저었다.

"아닙니다. 제사 문제로 배교하면서 이제는 천주교를 믿지 않습니다."

"아! 그러시군요."

세자는 이가환에게 했던 말을 그대로 했다. 정약용은 크게 놀랐으나, 이내 고개를 저었다.

"이전이었다면 감읍할 말씀입니다. 하지만 이제는 필요가 없게 되었사옵니다."

"그러시면 더 드릴 말씀이 없네요."

이러면서 세자가 서류 하나를 건넸다.

"이 서류를 한번 보시지요."

정약용이 서류를 받아서 내용을 살폈다. 그러던 정약용의 눈이 더없이 커졌다.

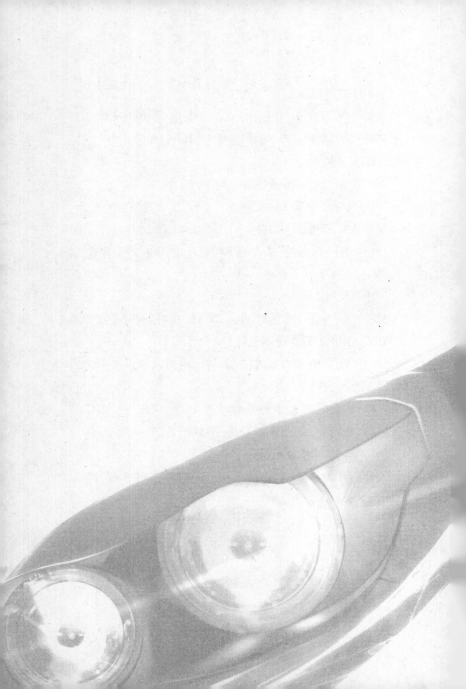

강회로 모여드는 사람들

　정약용이 침을 꿀꺽 삼켰다.

　"이게 대체 무슨 일이옵니까? 종두법이라니요?"

　세자가 정색을 했다.

　"부사직(副司直)께서는 천연두에 대한 관심이 많다고 들었는데, 아닌가요?"

　금성찰방으로 있던 정약용은 용양위(龍驤衛) 부사직(副司直)이 되어 한양에 올라왔다.

　정약용이 몸을 굽혔다.

　"그렇기는 하옵니다."

　"그래서 이번에 강화로 가서 종두법을 연구해 주셨으면 합니다. 거기에 필요한 모든 지원은 왕실이 해 주겠습니다."

정약용이 크게 놀랐다.

"왕실에서 지원을 해 주신다고요?"

"그래요. 그러니 체계적이고 분명하게 연구를 해 주세요. 서류를 보면 알겠지만, 개발에 성공하면 모든 백성을 대상으로 예방접종을 시작할 겁니다."

정약용이 벅찬 표정을 지었다.

"그리되면 마마로 죽는 어린 생명이 크게 줄어들게 되겠군요."

"그렇지요."

정약용이 서류를 넘기다 탄성을 터트렸다.

"놀라운 발상이로군요."

"뭐가 말이지요?"

"서류를 보면 시료를 사람이 아닌 소에게서 얻으라고 하셨습니다. 이런 발상은 쉽게 할 수 없는 일이옵니다."

세자가 고개를 갸웃했다.

"그게 무슨 문제가 되나요?"

"인간은 존귀합니다. 그런 인간의 신체에 축생에서 얻은 우두를 시술한다는 발상은 쉽게 할 수 없는 일입니다. 그래서 신도 기회가 되면 인두(人痘)를 연구하려고 마음먹고 있었고요."

세자가 단호히 고개를 저었다.

"쥐를 잡는데 흑묘백묘(黑猫白猫)가 무슨 필요가 있겠습니까? 중요한 건 쥐를 잡는 거 아닌가요?"

개혁군주

"우리 조선은 유학의 나라입니다. 명분이 목숨보다 우선인 사람이 의외로 많사옵니다."

"그 부분은 걱정하지 마세요. 시약이 완성되면 제가 제일 먼저 접종을 받을 겁니다. 국본인 내가 먼저 접종을 받는다는데 누가 반대한단 말입니까?"

정약용의 안색이 하얗게 질렸다.

"그건 아니 될 말씀입니다. 아무리 잘 만들었다고 해도 만에 하나 발병할 수도 있는 일입니다."

"그러니 철저하게 연구를 하시라는 말입니다. 그리고 연구하는 방식도 나름대로 정리를 해 놓았으니 한번 살펴보세요."

"으음……! 알겠습니다."

정약용이 서류로 시선을 돌렸다.

그런 그는 어느 부분에 이르러서 몇 번이고 반복해서 읽었다. 그러던 그가 크게 고개를 끄덕였다.

"마마를 앓은 사람에게 먼저 시술을 하라는 말씀이군요."

"예. 그래서 이상이 없으면 차츰 용량을 조절해서 최소량을 산출하세요."

두 사람은 한동안 토의했다. 토의 내용이 워낙 중요하다 보니 방 안이 후끈 달아오를 정도였다.

토의를 마친 정약용이 탄식했다.

"아아! 참으로 안타깝습니다. 진즉 이런 방식을 알았다면 우리 아이들을 그렇게 먼저 보내지 않아도 될 일이었습니다."

"천연두로 먼저 보낸 영식이 있나 보군요."

"후! 예, 있사옵니다. 그것도 하나둘이 아니라 무려 셋이나 먼저 보냈사옵니다."

세자가 크게 놀랐다.

"아! 그런 안타까운 일이 있나."

한동안 아쉬움에 힘들어하던 정약용이 마음을 다잡았다.

"해 보겠습니다. 먼저 간 아이들을 위해서라도 반드시 종두법을 성공하겠습니다."

"고맙습니다. 오늘의 이 결정은 우리 조선 역사의 한 획을 긋게 될 것입니다."

정약용이 얼굴을 붉혔다.

"너무 과찬이십니다. 신은 단지 개혁의 작은 밀알이라도 되고 싶을 뿐이옵니다."

"예. 그리고 하실 일이 더 있습니다. 서류의 다음을 넘겨 보시지요."

서류를 넘기던 정약용이 의아해했다.

"이게 무엇이옵니까? 바닷말을 태워서, 거기다 황산(黃酸)을 부으라니요. 그래서 나오는 증기를 식혀 약을 만들라니요?"

"거기 적힌 그대로예요. 방식은 소주를 증류하듯 하면 되고요. 그렇게 해서 만들어진 액체는 쉽게 날아가니 꼭 밀봉해야 해요."

"그런데 정녕 이렇게 만든 물건이 상처 치료에 도움이 되

개혁군주

기는 합니까?"

세자가 고개를 끄덕였다.

"물론이에요. 서류에 나온 대로 한 번 더 법제를 하면 웬만한 상처 치료에는 큰 효험을 볼 수 있는 치료 약품이 만들어집니다. 특히 총상이나 자상에는 더없이 좋은 효과를 거둘 수 있지요."

"아! 그렇습니까? 그런데 소주를 한 번 더 증류하라는 건 왜 그렇습니까?"

"소주를 한 번 더 증류하면 아주 뛰어난 소독제가 됩니다. 그 소독제로 상처를 처치하면 덧나지도 않고 쉽게 아물지요."

정약용은 뭐가 뭔지 이해가 되지 않았다.

그는 세자의 말에 그저 고개를 끄덕이며 서류를 넘겼다. 그러던 그의 눈이 더없이 커졌다.

"이게 뭡니까? 버드나무 속껍질을 끓여서 법제화하라니요? 이것도 약재가 되옵니까?"

"그렇습니다. 물론 그냥 복용하는 것은 황산처럼 산기가 강해 큰일이 나지요. 그래서 거기에 기록된 대로 몇 번의 법제 과정을 거쳐야 합니다. 그러면 해열진통제로 가히 특효라 할 수 있는 약이 만들어집니다."

정약용이 서류를 덮었다.

"솔직히 신은 믿기지가 않습니다. 이런 식으로 약재를 만들어 냈다는 말은 들어 본 적도 없고요."

"예, 그럴 겁니다."

"저하께서는 어떻게 이런 방식을 알고 계시는지도 궁금합니다."

세자는 대답하지 않았다.

그 대신 몸을 낮추며 정약용의 눈을 똑바로 바라봤다. 천연두를 앓아 눈썹이 셋으로 갈라진 정약용이 그 눈길을 받자 움찔했다.

'이게 뭐야. 다섯 살에 불과한 저하의 눈빛이 마치 산전수전 다 겪은 사람 같잖아. 거기다 눈빛만으로 나를 압도하다니. 내가 보고 있는 게 정녕 현실이란 말인가?'

"정 선생님."

정약용은 크게 당황했다.

"저하! 선생이라니요? 소인은 이제 겨우 서른을 넘겼을 뿐이옵니다. 저하께 선생이란 경칭을 받을 나이가 아닙니다."

"아니에요. 나는 아바마마의 말씀을 들은 처음부터 그대를 선생으로 생각하고 있었어요."

"황망한 말씀 거둬 주시옵소서. 받잡기 민망하옵니다."

세자는 설명 대신 당부했다.

"제가 어떻게 알게 되었는지가 뭐 그리 중요하지요? 그보다 내가 지금처럼 언제라도 선생으로 모실 수 있도록 이 일을 맡아 주세요. 이 일을 성공한다면 세자인 저뿐이 아니고 누구라도 그대를 선생으로 예우하게 될 겁니다. 조선의 모든

개혁군주

백성을 구한 위대한 선생으로요."

정약용의 얼굴이 붉어졌다. 잠시 머뭇거리던 그가 한숨을 내쉬었다.

"후! 좋은 말씀이옵니다. 하오나 신은 의원이 아닌 유자(儒者)이옵니다. 그런 신이 어떻게 그런 경칭을 들을 수 있겠사옵니까?"

"가능합니다. 안 된다는 생각을 바꾸세요. 생각을 바꾸는 것도 개혁입니다. 그리고 객관적으로 일을 주도하려면 의원이 아닌 게 좋을 수도 있어요."

"의원이 아닌 게 좋을 수가 있다고요?"

"물론 의원의 도움은 받아야겠지요. 그런 도움은 만들어진 약재를 환자에게 적용할 때가 되겠지요. 지금 우리가 논하는 건 약재를 만드는 약학에 관한 일이에요."

정약용의 눈이 커졌다.

"약학(藥學)이라고 하셨습니까?"

"그렇습니다. 방금 우리가 토론한 내용은 전부가 새로운 약재의 제약 방식이지요. 앞으로 나는 이런 약재를 계속 연구해 가려고 합니다. 그러기 위해서는 누군가 이 일을 주도할 사람이 필요하고요. 그 일을 정 선생이 해 주었으면 해요."

"의학을 제대로 모르는 신에게 그런 중임을 맡기시다니……."

말을 맺지 못한 정약용이 고심했다.

그런 그의 고심은 오래지 않아 끝났다.

"알겠습니다. 신이 비록 용렬하지만 한번 해 보겠습니다."

"잘 생각하셨습니다. 그리고 제가 이 일을 정 선생께 맡긴 이유가 따로 또 있습니다."

"그게 무엇인지요?"

"정 선생을 조정의 당파 논쟁에서 빗겨 있게 하기 위함입니다."

정약용은 둔기로 맞은 표정을 지었다.

"아!"

"아시겠지만 요즘 벽파의 공세가 엄청납니다. 아바마마와 내가 개혁을 주도하기 때문이지요. 그런 공세의 전면에 천주교가 있다는 건 아시지요?"

"그렇사옵니다."

"지금까지는 아바마마께서 막아 주셔서 그나마 큰일은 일어나지 않았어요. 그러나 강화도에서 본격적으로 일을 추진하게 되면 상황은 많이 달라질 겁니다."

"벽파의 공세가 더욱 강력해질 것이옵니다."

"그렇겠지요. 그걸 알고 계신 아바마마께서는 아끼는 신하 몇 분을 강화로 보내시는 겁니다. 강화가 왕실 직할령이 되면서 외부와의 교류가 차단되는 효과를 보시려는 거지요. 그런 강화에서 여러분이 분명하고 실질적인 성과를 거두어야 합니다. 그러면 저들도 정치 공세를 쉽게 벌이지 못하게 될 터이니까요."

개혁군주

정약용이 탄성을 터트렸다.

"아아! 그런 심모원려를 전하께서 하셨군요."

"아바마마께서는 정 선생을 늘 지켜보고 계십니다. 그러니 우리 힘을 합해 꼭 좋은 성과를 거두도록 해 봐요."

정약용이 다짐했다.

"알겠사옵니다. 신의 모든 것을 바쳐서라도 반드시 모든 과업에 성공해 보겠사옵니다."

세자가 연신 고개를 끄덕이며 흐뭇해했다.

정약용은 머리가 복잡했다. 웃고 있는 세자의 모습은 어디로 봐도 다섯 살로 보이지 않았기 때문이다.

놀랍게도 그런 세자가 믿음직해 보였다. 정약용은 자신도 모르게 미소를 지으며 세자를 바라봤다.

❀

새해가 밝았다.

새해가 되면 조정도 대궐도 며칠 동안 휴식한다. 그런 대궐에서 유일하게 바쁜 곳이 동궁이었다.

세자는 세밑 세시를 바쁘게 보냈다.

세밑까지 강화로 갈 인선과 상무사의 업무 추진을 지휘했다. 그러다 새해부터는 업무가 진행되는 사항을 확인하느라 정신이 없었다.

국왕도 수시로 동궁을 찾았다. 그러면서 세자가 하는 일을 하나하나 챙기면서 힘을 실어 주었다.

이런 부자의 모습에 궐 내외는 하나같이 환호와 격려를 보냈다. 세자가 아직 어리다고는 하지만, 본래 권력은 부자도 나누지 못한다고 했다.

그런데 국왕은 달랐다.

국왕은 세자를 전폭적으로 신뢰해 주었다. 그런 믿음이 바탕이 되어 세자는 온 나라가 놀랄 정도의 역량을 발휘하고 있었다.

그 첫 번째 성과가 상무사의 출범이다.

조선에는 설에 이레 정도의 휴식을 취한다. 그리고 보름에 다시 사흘을 쉬기 때문에, 상무사가 정식 출범한 건 1월 중순이었다.

익위사는 동궁에서도 가장 동쪽에 자리했다. 그런 익위사의 건물 맞은편에 새롭게 현판이 걸렸다.

商務社

상무사 본관 건물은 7간이다.

좌우 2간의 방에는 업무를 볼 수 있는 탁자와 의자가 놓였다. 담장에 붙어 있는 몇 간의 행각은 창고로 배정되었다.

세자가 대청에 올랐다.

마당에는 이번에 선발된 십여 명의 직원과 보부상 대표 십여 명이 도열해 있었다. 그런 사람들의 주변으로 익위사 무관들도 함께했다.

　세자가 소감을 밝혔다.

　"오늘은 새로운 역사를 쓰는 날입니다. 왕실에서 상단을 만든 경우는 전조에도 없었던 일이지요. 그만큼 조야의 관심이 각별하다는 점을 명심해야 합니다."

　세자는 사람들을 죽 둘러봤다. 추운 날씨임에도 모든 사람의 눈빛이 살아 있었다.

　"앞으로 대외 교역에 전력을 쏟아야 합니다. 그러기 위해서는 철저하게 준비해야 하며, 나는 새로운 제품 개발에 총력을 기울이려 합니다. 날이 풀리면 홍삼 가공 공장을 만들어야 합니다. 인삼 재배도 시작해야 하고요."

　세자는 몇 가지 당부의 말도 했다.

　"……이런 점만 주의한다면 나는 여러분을 절대 버리지 않을 것입니다. 아울러 매월 지급되는 급여도 결코 적지 않을 것이며, 무역업이 본격화되면 각종 혜택도 나눠 줄 것입니다."

　직원들이 술렁였다.

　조선에서 대놓고 월급을 거론하는 경우는 없다고 해도 과언이 아니다. 그런데 세자에게서 이런 말을 들을 거라고는 누구도 예상 못 했다.

　세자가 분명히 밝혔다.

"우리 상무사는 왕실 상단이에요. 상단은 이익을 우선하는 집단임을 명심해야 합니다. 그러나 우리 상단은 여느 상단과 달리 얻게 되는 수익을 부국강병에 투자할 겁니다. 여러분처럼 고생하는 분에게도 혜택이 돌아가게 할 것이고요. 여러분은 이 점을 분명히 알고 앞으로의 업무에 임해 주셨으면 해요."

세자의 말에 직원들이 굳은 표정으로 결의를 다졌다. 그들을 죽 둘러본 세자가 정리했다.

"오늘부터 공식 업무를 시작하겠어요. 여러분은 각자의 자리에서 업무를 시작하세요."

말을 마친 세자가 방으로 들어갔다. 그 뒤를 상무사의 주요 직원들이 따라 들어갔다.

✿

같은 날, 수원에서도 또 다른 시작이 있었다.

"일동, 차렷. 대장님께 대하여 경례!"

"충!"

서유대가 도열된 병력을 둘러봤다.

장용외영은 국왕의 지시로 몇 개월 전부터 제식을 비롯한 신식 훈련이 도입되었다. 그러면서 군복도 새롭게 지급되어 있어서, 도열한 병력은 기존의 조선군과 전혀 달랐다.

개혁군주

훈련의 효과는 뛰어났다.

이전이었다면 제대로 줄도 맞추지 못하고 서 있었을 병력의 오와 열이 너무도 잘 맞았다. 이뿐이 아니라, 누구 한 사람 잡담을 하거나 고개조차 돌리지 않았다.

서유대가 흡족해하며 병력을 둘러봤다.

"오늘 강화 병력의 선발대가 출발한다. 미리 주지한 대로 우리 장용영은 체제를 개편해 강화와 화성 병력이 각각 여단으로 바뀐다."

서유대의 목소리가 높아졌다.

"이 여단 병력은 곧 사단으로 증편될 것이다. 그와 더불어 장용영도 전체가 장용군단으로 승격된다. 제군들!"

서유대의 눈에서 불이 일었다.

"우리는 친위군이다!"

병사들의 열기가 후끈 달아올랐다.

장용영은 그동안 대놓고 친위군이란 말을 하지 못했다. 그러나 이제는 사정이 달라졌다.

세자가 나서서 친위군인 장용영의 군사력을 대폭 보강하려 한다. 이를 위해 부국강병을 기치로 내걸며 왕실 상단까지 발족했다.

국왕이 엄존한 상황에서 세자가 나서서 군사력을 증강하려 한다.

다른 때였다면 권모술수에 능한 권신들이 이를 가만두지

않았다. 온갖 감언이설로 부자 사이를 이간하려 했을 터였다. 그리고 그런 이간은 대개 성공해 왔다.

그러나 지금은 누구도 감히 그러지 못했다.

아직 임오년의 일이 제대로 처리되지도 않은 마당이다. 그래서 국왕의 속이 썩어 문드러지고 있다는 사실을 모르는 사람이 없다.

그런 국왕에게 세자를 이간한다는 건 죽으려고 작정하는 거나 다름없었다.

다른 사안이라면 누군가 희생양이 되어 당파를 대변할 수 있다. 그러나 지금은 국왕 부자를 이간하는 순간, 그 당파는 그걸로 끝이었다. 당파 논리가 모든 일에 우선인 윤시동도 그래서 문제를 삼지 못했다.

장용영의 장병들도 이를 모르지 않았다. 그래서 그 어느 때보다 당당했으며 목소리도 컸다.

서유대의 말이 이어졌다.

"우리가 시작이다. 앞으로 조선의 모든 군영과 병졸들은 오로지 국왕 한 분의 지휘를 받는 날이 올 거다. 그런 군부의 선봉은 언제나 우리 장용영이 맡아야 한다. 그리고!"

서유대가 도열한 장병들을 훑었다.

"그 일은 바로 너희부터 시작된다. 가라! 강화로 가서 우리의 깃발을 당당히 꽂아라!"

선발대를 이끄는 무관은 훈련원에서 옮겨 온 백동수다. 백동수가 두 주먹을 불끈 쥐며 소리쳤다.

"이야!"

선발대 병력도 따라서 소리쳤다.

"이야!"

한동안 소리친 백동수가 뒤로 돌았다.

"부대, 차려! 대장님께 대하여 경례."

"충!"

똑같은 병력이었다. 그럼에도 처음보다 군례를 올리는 소리가 몇 배로 커졌다.

서유대가 기분 좋게 답례를 하자, 백동수가 다시 뒤로 돌았다.

"부대, 바로! 지금부터 이동한다. 전체 좌향좌! 앞으로 가!"

백동수의 구령에 맞춰 병사들이 일사불란하게 이동했다. 삼백여 명에 이르는 선발대의 움직임은 그야말로 물 흐르듯 했다.

화성을 출발한 선발대는 이틀 만에 김포에 도착했다.

김포와 강화를 가르는 바다는 염하(鹽河)다. 흡사 강처럼 보이는 이 해협은 조수간만의 차도 크고 물살도 세다. 그런 천혜의 조건 때문에 몽골군이 끝내 건너지 못했었다.

왕실 직할령이 된 강화는 그동안 원하는 백성들을 모두 이주시켰다. 그러고는 한 곳을 제외한 모든 포구를 폐쇄했다.

화성을 출발한 선발대는 이 포구를 통해 강화로 들어갔다.

그렇게 들어간 선발대가 도착한 곳은 마니산 밑의 평지였다.

백동수가 드넓은 평지를 보며 놀랐다.

"섬에 이렇게 넓은 땅이 있다니, 놀라워."

선발대를 안내한 유수부 관원이 설명했다.

"이 일대는 본래 개펄이었습니다. 그리고 저기 보이는 마니산 쪽은 본래는 강화도와는 다른 섬으로 고가도(古加島)로 불리었지요."

"강화도가 두 섬이 합쳐진 거군요?"

"예. 100여 년 전 간척으로 두 섬이 연결되었지요. 그러면서 개펄이 보시다시피 농지가 되었고요."

"우리 군영도 그러면 농지였소?"

"아닙니다. 그곳은 시간이 지나도 염분이 빠지지 않아 버려둔 땅이었습니다."

"염분이 많다면 군이 주둔하기에는 그만이지."

"맞습니다. 그래서 저곳을 군영지로 선정하였지요."

"강화에는 간척지가 많소?"

"물론입니다. 지금의 강화도는 하나지만, 본래는 주변에 수십여 개의 섬이 있었습니다. 그러면서 해안선도 복잡해서 고려 때 몽골군이 끝내 공략하지 못했고요. 그런 섬이 꾸준한 간척으로 지금처럼 하나가 된 것이지요."

"해안선이 본래는 단조로운 게 아니구나."

"그렇습니다. 기회가 되시면 산에 올라가 보세요. 그래서 해안 쪽을 살피시다 보이는 평지는 전부 간척지라고 생각하면 됩니다."

다른 무관이 거들었다.

"간척지가 많아 쌀이 풍부한 것이로군요."

"예, 맞습니다."

설명을 마친 유수부 관원이 군영지로 안내했다.

여단 병력이 주둔하기 위해서는 많은 준비가 필요하다. 그중 막사와 건물, 그리고 연병장이 반드시 필요했다.

세자는 막사 설계의 기본을 마련했다.

모든 건물은 벽돌로 짓게 했다. 그리고 창을 넓게 해서 장차 유리를 부착할 수 있도록 했다.

막사에는 침상을 놓았다. 그리고 난방을 위해 북방식 벽난로를 설치했다.

이런 건물 형태는 일찍이 없었다.

약간의 논란은 있었으나 세자의 설계안을 누구도 반대하지 못했다. 덕분에 몇 개월 전부터 강화여단의 주둔지에는 똑같은 건물이 줄줄이 들어섰다.

백동수의 선발대가 도착했을 때는 한겨울이어서 공사가 중지되어 있었다. 백동수가 붉은 벽돌로 지어진 여단 본부와 막사들을 죽 둘러봤다.

유수부 관원이 몸을 숙였다.

"본부 건물로 가시지요."

"그러세."

안내를 받아 간 여단 본부에는 유수부의 병사들이 경비를 서고 있었다. 그들 중 무관이 먼저 인사를 했다.

"어서 오십시오."

아직 새로운 교범을 익히지 않은 무관은 몸을 숙여 인사했다. 그런 무관의 인사에 백동수가 웃으며 답례를 했다.

"수고가 많네."

"들어가시지요. 소장이 안내하겠습니다."

"부탁하네."

건물 중앙의 정문이 열렸다. 그런 정문을 들어서니 좌우로 길게 복도가 놓여 있었다.

유수부의 무관이 그런 복도의 왼쪽으로 들어가 첫 번째 문을 열었다.

후끈!

실내의 벽난로에는 이미 불이 타고 있었다.

"오! 벽난로가 상당히 훈훈하구나."

"예. 저희도 이 정도일 줄 몰랐습니다. 거기다 벽난로 위에 달린 물통으로 온수를 쓸 수 있어서 여러모로 편리합니다."

백동수가 물통에 달린 꼭지를 돌리려 하자 유수부의 무관이 급히 물통을 가져다 대었다.

"꼭지를 돌려 보시지요."

수도꼭지가 돌아가자 뜨거운 물이 쏟아졌다.

개혁군주

"허허! 겨울에 아주 유용하겠구나."

세자는 러시아식 페치카를 변형한 벽난로는 고안했다. 굴뚝으로 빠져나가는 열 손실을 줄이기 위해 굴뚝 구조도 혁신했다.

그 바람에 적은 연료로도 높은 효율을 볼 수 있게 되었다. 그리고 온수 저장 탱크도 설치했다. 철로 만든 탱크의 하부에는 꼭지가 달려 있었다.

그렇게 온수를 확인한 백동수가 본부 건물을 차례로 둘러봤다. 그러고는 병사들의 막사로 갔다.

선발대로 온 병사들이 사물함에 자신의 물건을 정리하고 있었다. 그런 병사들 중 누군가 백동수를 보고 소리쳤다.

"전체, 차려!"

병사들이 일제히 하던 일을 멈추고 정렬했다.

백동수가 막사 내부를 둘러봤다. 유수부의 병사들이 미리 불을 붙여 놓은 덕분에 막사는 훈훈했다.

백동수의 입가에 미소가 걸렸다.

"이 정도면 화성의 막사보다 훌륭하구나."

장용영 무관이 대답했다.

"건물도 높고 창문도 커서 아주 좋습니다."

백동수가 한지가 발린 창문을 바라봤다.

"저 창문에 유리가 달리면 내부도 지금보다 훨씬 밝아지겠지."

"그런데 정말 유리가 창문에 달릴까요?"

백동수가 눈을 크게 떴다.

"자네, 지금 무슨 말을 그렇게 하고 있나? 세자 저하께서 그렇게 된다면 되는 거야!"

무관이 황급히 고개를 숙였다.

"죄송합니다. 제가 잠시 정신이 나갔습니다."

"조심해. 세자 저하께서는 우리를 육성하기 위해 상단까지 만드신 분이야. 그런 분을 우리가 따르지 않으면 누가 저하의 등을 맡겠어."

무관과 병사들이 하나같이 눈을 빛냈다. 백동수가 그런 병사들에게 포부를 밝혔다.

"우리 친위군은 지금도 그렇지만 언제라도 죽을 각오를 하고 전하와 저하를 보필해야 한다. 그게 우리의 존재 이유이고 과제이다. 그러니 두 분 마마를 하늘같이 받들어야 함을 절대 잊으면 안 된다. 모두 알겠나?"

장병들이 지붕이 뚫어져라 소리쳤다.

"예! 알겠습니다."

"좋다. 이틀 동안 행군하느라 많이들 힘들었을 게다. 내일부터 각 대대 주둔지를 둘러봐야 하니 오늘 하루는 푹 쉬어라."

"감사합니다."

백동수가 웃으며 막사를 나왔다. 그러고는 장병들이 머무는 다른 막사들을 일일이 둘러봤다.

다음 날.

삼백여 명의 병력은 셋으로 나뉘었다. 그러고는 강화여단에 배속된 각 대대 주둔지를 확인하기 위해 길을 떠났다.

장용영의 활동은 곧바로 동궁에 보고되었다. 보고서를 읽은 세자가 확인했다.

"강화여단 본대 병력은 언제 출발한다고 합니까?"

좌익위 이원수가 대답했다.

"3월 초로 일정이 잡혔습니다."

"상무사는 어떻게 준비가 잘되고 있나요?"

상무사 직원 대표인 오훈석이 대답했다.

"유수인 이가환 대감이 이달 그믐에 강화로 들어간답니다. 그래서 저희도 거기에 맞춰 강화로 들어가려고 합니다."

"가장 먼저 무엇을 해야 하는지는 아시지요?"

오훈석의 대답이 바로 나왔다.

"홍삼 제조 시설부터 준비할 예정입니다."

"맞아요. 지금은 그게 가장 시급한 일이에요. 그리고 송상에서 사람을 보낸다고 했으니, 그들과 함께 인삼밭을 조성할 토지도 살펴봐야 합니다."

"알겠습니다."

세자가 고개를 돌렸다.

그곳에는 정약용이 앉아 있다 세자의 시선을 받자마자 대답했다.

"저희 약학청(藥學廳)도 유수 대감과 보조를 맞추려고 합니다."

"정 청장님에 거는 기대가 큽니다."

세자는 제약을 상무사에서 취급하려 했었다. 그러다 공적기능이 많은 예방접종과 위생 교육을 감안해 약학청의 설립을 국왕에게 진언했다.

이미 약재 개발에 대한 보고를 받은 국왕은 이를 흔쾌히 승낙해 주었다. 그러고는 왕실 직계 아문으로 지정하고는 초대 청장에 정약용을 선임했다.

"최선을 다해 꼭 좋은 성과를 얻어 보겠습니다."

"우선은 지난번에 말씀드린 약재부터 개발해 보세요. 필요한 인원과 지원은 무엇이든지 해 드릴 터이니 언제라도 연락하시고요."

"예, 저하."

세자가 모두를 보며 당부했다.

"강화에 장용영이 터를 잡기 시작했어요. 이달 말부터는 여러분이 들어가고요. 그리되면 강화는 개혁의 산실이 되겠지요. 기대하는 사람도 많지만, 반대로 잘못되기를 바라는 사람도 많다는 걸 유념하세요."

모두가 무겁게 고개를 끄덕였다.

"저도 그렇지만 아바마마께서 거시는 기대가 어떻다는 건 여러분이 더 잘 아실 겁니다. 잘 부탁드립니다. 그리고 꼭 좋은 성과를 거둬 주시기를 바랍니다."

정약용이 대표로 대답했다.

"반드시 좋은 성과를 거두겠사옵니다."

다른 사람들도 동시에 복창했다.

"반드시 좋은 성과를 거두겠사옵니다."

인사를 마친 사람들이 일어나 나갔다.

그들이 나가고 나자 세자가 이원수를 불렀다.

"좌익위는 잠시 앉으세요."

이원수가 자리에 앉자 세자가 확인했다.

"수군은 어떻게 움직이고 있지요? 교동도의 경기수영 병력을 강화도로 옮기는 일은 언제부터 시작하나요?"

"3월부터 이전을 시작하기로 되어 있습니다."

"다른 수영의 수군들을 모으는 일은요?"

이원수가 머리를 긁적였다.

"그건 여의치가 않습니다."

"왜요. 사람들이 옮겨오지 않으려고 하나요?"

"고향을 떠나기가 쉽지 않기 때문입니다."

세자가 고개를 갸웃했다.

"수군은 천역이라고 불릴 정도로 고되다고 들었어요. 그런 수군을 지금보다 편하게 해 주겠다고 제안했는데도 고향을 떠나지 않겠다는 거예요?"

"어디든 결국 수군일 뿐입니다. 그리고 고향을 떠나게 되면 당장 먹고사는 일도 걱정이 되었을 겁니다."

수군을 양성하는 일은 쉽지 않다.

업무도 숙련이 필요해 양성에 많은 시간이 필요하다. 세자는 그래서 전국의 수군 중에서 사람을 뽑아 올리려고 했다.

그런데 시작부터 난관에 봉착했다.

"……."

이원수가 조심스럽게 의견을 냈다.

"저하, 우선은 경기수영의 수군만으로 운영해 보는 건 어떻겠습니까?"

"경기수영의 수군이 얼마나 되지요?"

"기록에 따르면 정남(丁男)이 삼천 정도입니다. 배를 만드는 선장(船匠)이 수백여 명 되고요."

"그중 절반 정도는 활용할 수 있겠네요."

이원수가 동조했다.

"그 정도는 충분히 활용 가능할 것입니다."

세자가 잠시 고심하다 탁자를 쳤다.

"맞아! 교동부사가 경기수사와 삼도통어사를 겸직하고 있지?"

"그렇사옵니다. 폐지되었던 삼도수군통어사가 주상 전하에 의해 몇 년 전 부활했사옵니다."

"잘되었어요. 다른 수영은 일단 제외하고 황해수영과 충청수영의 병선과 수군을 강화로 불러 모으면 되겠네요."

개혁군주

이원수도 반색을 했다.

"좋은 생각이십니다. 황해와 충청수사로 하여금 최고의 병력을 추려 보내게 하시지요. 그렇게 모인 병력을 훈련하며 적응시키면 되겠네요."

"맞아요. 그리기 위해서는 먼저 유능한 병사들을 선발해야 하고요."

"그렇사옵니다. 병사들이 변화하는 강화를 직접 접하다 보면 이주에 대한 생각도 바뀔 것입니다."

세자가 연필과 종이를 찾았다.

"부임하는 이가환 대감께 편지를 보낼 터이니 그렇게 진행하기로 해요."

세자는 그 자리에서 편지를 써서 건넸다.

"좌익위께서 이 편지를 이 대감께 전해 주세요."

"예, 저하."

이원수가 나는 듯 전각을 나갔다.

❈

한양은 청계천과 종로를 기준으로 나뉜다.

북촌은 경복궁과 창덕궁의 중간에 위치해 있으며, 권신들인 경화사족들이 모여 있다. 이에 반하는 남촌에는 남인들과 일부 중인들이 모여 살며, 이가환의 집도 여기에 있다.

이가환은 몇 달 전만 해도 충주목사였다. 그래서 한동안 조용했던 그의 본가가 오늘따라 북적였다.

이가환은 자신과 함께 강화로 떠날 인사들을 집으로 초대했다. 그 바람에 그의 사랑방은 모처럼 사람으로 북적였다.

술이 몇 순배 돈 탓에 불콰해진 이가환의 목소리가 높아져 있었다.

"하하하! 자! 다들 잔을 시원하게 비우십시다."

"감사합니다."

박지원이 먼저 잔을 비웠다. 그러자 다른 사람들도 웃으며 일제히 잔을 들어 비웠다.

"사람 인연은 알 수가 없어요. 내가 여러분과 함께 강화로 갈 거라고는 생각지도 못했소이다. 특히 북학에 밝으신 연암(燕巖) 형과 함께하게 될 줄은 꿈에도 몰랐소이다."

박지원이 너털웃음을 터트렸다.

"허허허! 그건 피차일반입니다. 대감의 위명은 일찍이 들어서 알고 있었지만, 이렇게 같은 길을 가게 될 줄은 저도 몰랐소이다."

이가환이 술을 들어 따랐다.

"앞으로 잘 부탁드립니다."

박지원이 그 술을 받으며 답례했다.

"별말씀을요. 부탁은 오히려 제가 드려야지요. 처음으로 설립된 기술개발청(技術開發廳)이어서 무엇부터 해야 할지 난

감합니다."

세자는 약학청에 이어 기술개발청을 신설했다. 세자가 보유한 지식을 구현할 기술개발청의 초대 청장으로 박지원이 임명되었다.

술이 들어가니 이가환의 목소리도 높아졌다.

"하하하! 내가 듣기로 세자 저하께서 숙제를 많이 내주셨다고 들었는데, 아닌가요?"

"십여 개의 도면을 받기는 했습니다."

"그럼 처음부터 바쁘시겠습니다."

"그렇기는 합니다만 처음이어서."

박지원의 얼굴에 곤혹스러움이 가득했다. 그런 모습을 본 이가환이 장담했다.

"박 청장과 관원들은 장인들과 함께 연구에만 전념하세요. 필요한 모든 지원은 우리 유수부가 책임지겠습니다."

박지원이 미안한 표정을 지었다.

"그래도 되겠습니까? 공연이 대감께 짐만 넘겨드리는 것 같아 송구하기까지 합니다."

이가환이 손사래를 쳤다.

"조금도 그런 생각 마십시오. 전하께서 저를 강화유수로 특임하신 까닭이 바로 거기에 있습니다."

"말씀은 들었지만, 이전에 없는 일이어서……."

"그래서 개혁 아니겠습니까? 이전과는 다르게 소요 예산도 왕실이 지급하게 되어 있습니다. 그것도 왕실 상단의 수익으로요."

박지원이 고개를 저었다.

"안타까운 일이지요. 나라에 예산이 없어 편법으로 운용되는 걸 개혁이랄 수는 없지요."

부청장이 된 박제가가 나섰다.

"스승님! 편법이면 어떻습니까. 우리가 신제품을 잘 만들어 수익을 많이 내게 하면 바로 보전이 되지 않겠습니까?"

박제가가 단숨에 잔을 비웠다.

"저하께서 주신 도면은 놀랍고도 획기적인 물건들입니다. 이런 물건들은 청나라에도 없을 것입니다. 백성들의 삶을 편하게 하는 물건도 많고요. 저하께서는 그런 물건들은 최소한의 비용만 남게 하자는 말씀까지 하셨습니다."

"그러시기는 했지."

"그러면 족하지 않겠습니까? 그리고 다른 도면의 물건은 양산해서 외국과의 교역하면 막대한 수익을 거둘 수 있을 것이옵니다. 그러면 처음에는 왕실의 도움을 받지만 이내 자생이 가능할 것입니다."

이가환도 거들었다.

"초정(楚亭)이 옳은 지적을 했소이다. 처음에는 기반이 전혀 없으니 도움을 받아야겠지요. 허나 상무사의 활동이 본격화되면 바로 자급자족이 가능할 겁니다."

박제가가 거듭 주장했다.

"저하의 말씀을 믿으시지요. 저하께서는 대외 교역이 본격화되면 장용영을 오만 병력의 군단으로 육성할 수 있다고 했습니다. 그런 대군도 양성하는데 하물며 우리 경비가 대수겠습니까?"

"정말 그게 가능하겠나?"

술을 마시고 있던 정약용이 나섰다.

"충분히 가능한 일입니다. 저희 약학청의 개발 품목만 제대로 성공해도 막대한 수익을 벌어들일 수 있을 겁니다. 저는 오히려 저하께서 일부러 기대치를 낮춰 말씀하신다는 생각이 듭니다."

박지원이 놀라워했다.

"허허! 신중한 정 청장께서 그런 생각을 하셨다고요?"

정약용이 속내를 밝혔다.

"소인도 처음에는 기연가미연가했었습니다. 그러다 저하의 설명을 듣고 곰곰이 생각하다 보니, 문득 깨우쳐지는 게 있더군요."

"그게 뭐지요?"

"우리가 만들 약품을 상품화하면 어떻게 될까 하는 생각을 해 봤습니다. 그런 생각을 하는 순간 머리를 둔기로 맞은 듯 충격이 오더군요."

이러면서 자신의 생각을 설명했다.

그 설명을 들은 사람들은 하나같이 탄성을 터트렸다. 박지원도 예외는 아니었다.

"아아! 그렇다. 저하께서는 새로 만들어지는 약품을 상품으로 만드시려는 거로구나."

"맞습니다. 그런데 저하께서는 앞으로 만들어야 할 약제가 수없이 많다고 하셨습니다. 그게 무슨 말이겠습니까?"

박지원의 말이 주저 없이 나왔다.

"백성들의 삶은 높이고, 외국에는 팔아서 막대한 수익을 벌어들이자는 거로구나."

정약용이 자신의 허벅지를 쳤다.

"바로 그겁니다. 그리되면 기술청의 개발품도 많은 수익을 얻겠지만, 우리 약학청의 약품도 큰 수익을 얻게 될 것이옵니다."

이가환이 주의를 환기했다.

"앞으로 최선을 다해야 합니다. 지금 온 나라가 우리의 일거수일투족에 관심을 보이고 있습니다. 기대감이 대부분이지만, 일부는 실패하기를 바란다는 점을 잊지 마세요. 그런 악의를 일소하기 위해서는 무조건 성공해야 합니다."

모두가 동시에 고개를 끄덕였다.

"개혁은 결코 쉽지 않습니다. 그런데 저는 이번 개혁의 성공을 믿어 의심치 않아요. 이런 생각은 저뿐이 아닐 겁니다."

박지원이 나섰다.

"전하와 저하께서 힘을 합쳐 추진하는 개혁인데 무엇이 두렵겠습니까?"

"맞습니다. 그리고 그 주체가 저하라는 데 저는 더 기대가 큽니다."

이런 이가환이 잔을 들었다.

"이제 우리는 개혁의 선봉에 서 있습니다. 그런 우리가 힘을 합쳐 강화에서 새로운 역사를 만들어 봅시다. 자! 그런 우리 스스로의 성공을 위해 잔을 비웁시다."

모든 사람이 단숨에 잔을 비웠다.

개혁을 위한 배가 출발했다.

처음이어서 준비도 소홀하고, 갖춰야 할 게 너무도 많았다. 특히 선장인 세자는 어려 강화를 직접 왕래하지 못하는 어려움도 있다.

그러나 누구도 두려워하지 않았다.

세자도, 국왕도, 강화로 가는 사람들도 당당히 세상과 맞서려 하고 있다. 그런 모두의 바람 때문인지 이날의 술자리는 그 어느 때보다 뜨거웠다.

개혁의 파도는 쉼이 없다

2월 하순.

창덕궁의 인정전 앞뜰에 백여 명의 사람이 모였다. 강화로 떠나는 사람들이 인사를 하러 들어온 것이다.

"주상 전하께 대하여 경례!"

군에서 제식이 도입되면서 대궐 의전에도 변화가 있었다. 변화는 대개 의전의 간소화로 이어지면서 국왕을 맞는 예절도 대폭 줄어들었다.

인사에 이어 국왕의 치사가 있었다. 그런 국왕의 옆에는 세자가 서 있었다.

국왕의 치사가 끝나고 세자가 나섰다. 자신을 바라보는 백여 쌍의 시선을 받으며 입을 열었다.

"우리는 이제 개혁이란 역사의 흐름에 첫걸음을 내디뎠어요. 시작이 반이라지만, 누구도 가 보지 않은 길이어서 결코 쉽지 않을 거예요. 많은 시행착오를 거칠 수도 있어요. 그러다 보면 지치고 힘들어 포기하고 싶을 때도 오겠지요. 그러나 꼭 이것만은 알아주세요."

모두가 침을 삼켰다.

"아바마마와 나는 절대 개혁을 후퇴시키지도, 흐름을 되돌리지도 않을 거라는 점을요. 개혁의 선봉에 선 여러분을 끝까지 지지할 겁니다. 그러니 조금도 주저하거나 흔들리지 마세요. 좌고우면하지 말고 오로지 일로매진하세요."

세자가 일부러 말을 끊었다.

그러고는 모여 있는 사람들을 죽 둘러봤다. 세자가 손으로 가슴을 덮으며 선언했다.

"여러분은 이미 내 마음속의 영웅이에요. 나는 그런 여러분이 위대한 선구자로 역사에 기록될 것이라 믿어 의심치 않습니다. 나는 개혁이 반드시 성공한다는 걸 확신해요. 그리고 나를 믿어 주셔서 진심으로 고맙습니다."

세자의 연설은 울림이 컸다. 대부분의 사람은 울컥한 표정으로 주먹을 움켜쥐었다.

놀라운 일이 일어났다.

세자가 몸을 숙여 절을 한 것이다. 그 모습을 본 사람들이 황급히 무릎을 꿇었다.

개혁군주

이가환이 소리쳤다.

"저하! 저하께서는 이 나라의 국본이시옵니다. 그런 분이 함부로 허리를 굽히시면 아니 되옵니다."

"아니에요. 오늘은 여러분 모두가 스승이란 마음으로 인사를 한 것이니 괜찮아요."

"저하! 아무리 그래도……."

국왕이 나서며 제지했다.

"그만하시오, 금대(錦帶). 오늘은 세자의 말대로 여러분이 스승이고 주인공입니다. 그러니 세자의 인사를 받아도 전혀 문제가 없소이다."

"하오나 소인들은 한 일이 아무것도 없사옵니다."

"허허허! 그거야 이제부터 하면 되지요. 그러니 그만하고 어서들 일어나시오."

사람들이 서둘러 일어났다. 이들이 일어나 자리를 잡을 때까지 기다리던 국왕이 마무리했다.

"자! 출발하라! 강화가 멀지 않다고 해도 하루에 가기에는 결코 가까운 길이 아니다."

이가환이 대표로 나섰다.

"주상 전하, 그리고 세자 저하. 신들은 이제 그만 출발하겠사옵니다. 다음에 뵐 때까지 두 분 모두 옥체 보중하시옵소서."

"고맙소, 금대. 과인은 경을 믿소이다."

사람들이 인사를 하고는 출발했다.

　국왕과 세자는 그들이 모두 빠져나갈 때까지 서 있었다. 그러다 국왕이 세자의 어깨를 두드렸다.

　"불안하냐?"

　"아니옵니다."

　"그러면 기대가 되느냐?"

　"예. 기대도 되고, 앞으로 일이 어떻게 전개될까 흥분도 되옵니다."

　"허허허! 그래? 머릿속이 복잡하겠구나. 앞으로 일을 어떻게 추진해야 할지 생각하느라 말이다."

　"그렇습니다."

　"계획대로 전부 잘되지는 않을 게다. 네 말대로 시행착오도 많이 겪어야겠지."

　"실패를 두려워하면 성공할 수 없습니다. 저들이 겪는 시행착오와 실패는 모두 소중한 자산이옵니다. 그런 자산들이 쌓이고 쌓여야 개혁을 이룩할 수 있는 것이고요."

　국왕이 감탄했다.

　"허허허! 놀랍구나. 우리 세자의 안목이 하루가 다르게 발전하는구나."

　"과찬이시옵니다."

　"아니다. 네가 겨우내 얼마나 많은 노력을 했는지 아비가 잘 안다. 그런 시간을 보내면서 네가 한층 성장한 거 같구나."

세자도 이점은 동의했다.

"지난 겨울이 소자에게는 뜻깊은 시간이었사옵니다. 그러면서 세상을 보는 안목도 달라졌고요."

"한 나라를 경영하는 일은 지고지순한 노력이 담보되지 않으면 불가능하다. 아무리 천재라 해도 다르지 않다. 특히 개혁이라는 전인미답의 길은 더더욱 그럴 수밖에 없지. 아비도 네가 있었기에 이런 용기를 낼 수 있었던 거다."

세자가 생각이 많은 표정을 했다.

'옳은 말씀이옵니다. 저도 이번 일을 겪으면서 경험이 얼마나 중요한지 뼈저리게 느꼈습니다. 그리고 주변에 사람이 없으면 개혁은 불가능하다는 것도 깨닫게 되었고요.'

국왕이 너털웃음을 터트렸다.

"허허허! 우리 세자가 생각이 많구나."

"아! 송구하옵니다. 그런데 하나 여쭙고 싶은 게 있사옵니다."

"말해 봐라."

"과중한 업무량은 줄이고 계시옵니까?"

국왕이 헛기침을 했다.

"험! 그게 쉽지가 않구나."

"법원과 감사원, 검찰이 분리되었는데도요?"

"거기서 맡은 업무는 신하들의 일이잖느냐? 아비의 일은 따로 있다."

"아바마마, 일을 줄이셔야 하옵니다. 그렇지 않으시면……."

세자가 울컥하는 심정에 말을 잇지 못했다.

그것을 본 국왕이 한숨을 내쉬었다.

"후! 아비도 그러려고 한다. 허나 해 오던 일이 있어서 업무를 줄이기가 쉽지가 않구나."

"그래도 줄이셔야 하옵니다. 어떤 병보다 무서운 게 과로이며, 과로는 만병의 근원이옵니다. 그리고 꾸준히 걷고 체조를 하시면서 체력을 기르셔야 하옵니다."

"허허허!"

국왕은 너털웃음을 터트렸다.

국왕도 자신의 몸이 이전 같지 않다는 점을 모르지 않았다. 그러나 보아 오던 정무를 줄이기가 결코 쉽지 않았다.

세자는 몇 달 전 대화를 나누다 국왕이 급서했다는 말을 하고야 말았다.

말을 들은 국왕은 놀랍게도 의외로 덤덤하게 반응했다. 왕대비가 수렴청정했다는 말로 사정을 짐작하고 있었기 때문이다.

그 후 세자는 줄기차게 국왕의 국정 업무를 줄이라고 주청했다. 그러면서 하루 만 보 걷기와 체조를 권했다.

조선에도 활인심방이란 이름의 체조가 있었다.

이 체조는 선비가 앉아서 하는 방식이어서 세자가 권하는 전신운동과는 달랐다. 그래서 국왕은 체조 대신 걷기운동은 꾸준히 하려 했다.

그러나 하루 만 보는 결코 쉽지 않았다. 그래서 적당히 걷는 것에 만족했는데, 세자가 그걸 은근히 추궁하고 나왔다.

"세자야? 꼭 만 보를 걸어야 하느냐?"

세자의 목소리가 또랑또랑해졌다.

"만 보를 걸으려면 시간이 은근히 많이 걸리옵니다. 그렇게 걷는 시간에 주변을 살피며 정신을 맑게 하시옵소서. 그러면 격무에 시달리는 심신이 그만큼 편해지면서 피로 해소에도 큰 도움이 될 것이옵니다."

국왕이 들어도 일리는 있었다.

세자가 말을 이었다.

"아바마마께서는 심신이 무척 피곤해져 있사옵니다. 그런 심신을 편하게 하는 방법은 오로지 휴식뿐이옵니다. 하오나 업무를 손에 놓지 못하시니 만 보라도 꾸준히 행하시옵소서. 소자가 이렇게 간청드리옵니다."

세자가 몸을 숙였다.

국왕은 나이 어린 세자의 바람을 거절하지 못했다.

"알았다. 다른 건 몰라도 만 보는 꾸준히 실천하마."

세자의 목소리가 높아졌다.

"소자의 간청을 들어주셔서 황감하옵니다."

국왕이 다시 웃었다.

세자와 대화를 나누다 보면 세상을 다 산 늙은이처럼 느껴질 때가 많다. 그런데 자신의 약속에 좋아하는 세자는 영락

없는 여섯 살이었다.

"허허허! 그렇게도 좋으냐?"

"예. 소자는 언제까지라도 아바마마와 함께하고 싶사옵니다."

국왕이 세자의 등을 몇 번이고 다독였다. 세자는 이런 국왕의 자애로움에 더없이 밝게 웃었다.

대궐을 나온 이가환 일행은 병력의 호위를 받아 마포나루로 이동했다. 마포나루에 도착한 이들은 이상한 장면을 목격했다.

이가환이 고개를 갸웃했다.

"저기에 뭐가 있기에 사람들이 저렇게 많이 모여 있는 건가?"

마포가 집인 서유원이 설명했다.

"모인 사람들은 대부분 보부상으로, 연필과 자동연필을 받으러 온 것입니다."

"아! 마포에 연필 공장이 들어섰다고 하더니 저곳인가 보구나."

"예. 매일 저렇게 수십여 명이 모여듭니다."

박제가가 놀라워했다.

"대단하구나. 매일 저 정도라면 하루에 연필이 도대체 얼마나 팔리는 거야?"

이때, 등짐을 한가득 진 보부상이 다가왔다. 성격이 괄괄

한 박제가가 손을 들었다.

"거기, 잠깐만 멈춰 보게."

보부상이 어리둥절하며 섰다.

"무슨 일이신지요?"

"등에 지고 있는 게 전부 연필인가?"

"그렇습니다."

"미안하지만 전부 얼마나 되나?"

"삼만 자루입니다."

박제가가 놀라 반문했다.

"삼만 자루라니? 그 많은 연필을 전부 팔 데가 있다는 말인가?"

보부상이 지게를 내려놓았다.

"요즘 없어서 못 파는 게 연필입니다요. 이 연필도 여주의 매산서원(梅山書院)의 주문을 받아 배달하는 중입니다."

"서원 한 곳에서 그렇게 많은 주문을 내었다고?"

"예, 그렇습니다."

여주가 고향인 정약용이 거들었다.

"매산서원은 원생이 수백입니다. 그런 원생들이 한꺼번에 주문했나 보군요."

박제가가 크게 고개를 끄덕였다.

"그러네요. 원생 한 명이 백 자루만 가져가도 수만 자루는 그 자리에서 없어지겠어요."

박지원이 궁금해했다.

"그걸 갖다 팔면 이문이 많이 남나?"

"많지는 않지만 쌀 두 섬 정도는 되옵니다."

박지원이 고개를 갸웃했다.

"아니, 삼만 자루나 파는데도 이문이 어째 그것밖에 안 된
단 말인가?"

"세자 저하께서 절대 비싸게 받지 말라고 엄명하셔서요.
그래서 최소 이문만을 남기고 있사옵니다."

"허허! 그랬구나. 그런데 힘들게 물건을 지어다 팔아도 수
익이 적어서 아쉽지 않나?"

보부상이 웃으며 고개를 저었다.

"절대 그렇지 않습니다. 저하께서는 연필은 모든 백성을 위
해 만든 거여서 값이 싸야 한다고 했습니다. 저희도 그 점은
공감하고요. 그리고 실제 이문은 자동연필에서 얻습니다."

"오! 그래?"

"연필과 달리 자동연필은 백 자루만 팔아도 쌀섬의 수익은
얻습니다. 그래서 실질적인 수익은 거기서 얻지요."

박지원도 자동연필이 비싸다는 건 알고 있었다.

"그렇게 비싼 자동연필을 사는 사람이 많나?"

"물론입니다. 서원의 원생은 물론 각지의 양반들 주문이
대단합니다. 그 바람에 저희 보부상들도 발품 값을 제대로
받고 있고요."

이가환이 나섰다.

"좋은 말 잘 들었네. 여주까지는 거리도 머니 조심해서 가도록 하게."

"어르신들도 가시는 길 편히 가십시오."

인사를 마친 보부상이 지게를 다시 지고는 바삐 제 길을 갔다. 그런 보부상의 발걸음은 왠지 모르게 가벼워 보였다.

박제가가 너털웃음을 지었다.

"허허허! 대가가 푸짐하니 저 무거운 짐을 지고도 힘든지 모르고 가네요."

모두가 보부상의 뒷모습을 보며 고개를 끄덕였다.

이가환도 잠시 그를 바라보다 지시했다.

"자! 그만 보고 가세."

그의 지시에 행렬이 다시 움직였다.

❁

그렇게 해서 도착한 마포나루는 수많은 배들로 북적였다. 일행이 도착하자 나루를 관리하는 별장(別將)이 달려왔다.

"어서들 오십시오. 그렇지 않아도 기다리고 있었습니다."

박제가가 나섰다.

"그대는 누구요?"

"소인은 마포나루를 관리하는 별장으로, 이름은 임주용이라 합니다."

"임 별장이었구려. 그런데 무슨 일이지요?"

"대궐에서 기별을 받았습니다. 가시지요. 소인이 모시겠습니다."

"그럽시다."

임주용의 안내로 내려간 강변에는 생각지도 않은 큰 배가 정박해 있었다.

"아니, 저 배는 판옥선 아니오?"

"본래 강화를 오가는 배들은 양화나루로 들어와야 합니다. 그런데 저 배는 앞으로 강화와 마포를 정기적으로 운행할 것입니다."

"저 큰 배가 정기운항한다고요?"

"그렇습니다."

박제가가 고개를 갸웃했다.

"오가는 사람이 많아도 판옥선까지 동원할 필요는 없을 텐데……."

"세자 저하께서 일부러 판옥선을 투입하라고 지시하셨답니다. 우리 조선의 관리나 사대부는 물을 두려워하는 사람이 많다고 하시면서요."

"아!"

정약용이 감탄했다.

"역시 저하시군요. 우리의 어려움을 조금이라도 덜어 주시려는 배려가 절로 느껴지네요."

이가환도 거들었다.

"옳은 말이야. 우리 대부분은 배를 탄 경우가 많이 없었는데, 강화 가기가 한결 편해졌어."

마포나루 별장이 동조했다.

"그렇습니다. 배를 타고 가시면 강화까지 한나절이면 도착합니다. 그렇지 않고 한강을 건너 김포로 가면 이틀이나 걸리고요."

이가환이 먼저 나섰다.

"자! 내가 먼저 오를 터이니 어서들 따르세요."

그가 먼저 승선하니 다른 사람들이 뒤따랐다. 백여 명의 관리와 그들을 호종하는, 그보다 많은 사람이 승선하는 데 꽤 시간이 걸렸다.

수백여 명과 짐이 실렸음에도 상하 갑판으로 나뉘어서 크게 비좁지는 않았다.

모든 사람이 자리를 잡고 앉은 것을 확인한 판옥선 무관이 소리쳤다.

"출항하라!"

그의 지시가 떨어지자 닻이 올라가고 돛이 펼쳐졌다. 판옥선의 돛은 이중이어서, 돛이 펼쳐지니 육중한 판옥선이 서서히 이동했다.

"노를 저어라!"

둥! 둥! 둥! 둥!

선장의 지시와 함께 북이 울렸다. 그 북소리에 맞춰 노가 저어지자 배가 쑥쑥 전진했다.

난간에 나와 있던 박제가가 감탄했다.

"이야! 노를 저으니 운항 속도가 대단히 빨라지는구나."

정약용이 노를 내려다봤다. 북소리에 맞춰 젓는 노가 규칙적으로 움직이고 있었다.

"격군들이 마치 하나처럼 움직이네요."

"그러게 말입니다."

사람들은 기계처럼 움직이는 노를 한동안 바라다봤다. 그런 사람들을 보며 선장이 경고했다.

"아래를 너무 오래 내려다보면 멀미가 날 수 있습니다. 그러니 되도록 앉아서 주변 경치를 보시는 게 좋습니다."

이 말에 모두가 자리에 앉았다.

마포나루를 출발한 배는 오래지 않아 임진강과 만났다. 그러고는 김포반도를 지난 판옥선은 곧 강화도에 도착했다.

왕실 직할령이 되면서 염하 방면 나루터는 한곳을 제외하고 모두 폐쇄되었다. 그 대신 한강과 접한 곳에 새롭게 포구가 조성되었다.

그 포구가 한강나루다. 다행히 밀물 때여서 판옥선이 포구에 접안할 수 있었다.

"하선하셔도 됩니다."

"고맙네."

이가환 일행이 하선하자 백동수가 병력과 함께 기다리고 있었다.

"어서 오십시오. 새로 부임하시는 이가환 대감이시지요?"

이가환은 백동수와 병력의 군복을 보고는 바로 알아봤다.

"그렇소이다. 군복을 보니 장용영의 강화여단인가 본데, 맞소?"

"그렇습니다. 여단장 백동수입니다."

그러면서 절도 있게 군례를 올렸다. 이가환의 표정이 대번에 환해졌다.

"반갑소이다."

이가환은 하선하는 사람들을 소개했다. 백동수가 그들과 일일이 인사를 나누면서 안면을 익혔다.

인사가 끝나자 백동수가 손짓을 했다. 그러자 열 대의 우마차가 앞으로 나왔다.

"여기서 읍성까지는 꽤 멉니다. 나이가 드신 분들은 마차를 타시는 게 좋습니다."

보통의 양반이면 두말없이 마차에 탄다. 그러나 이가환은 고개를 저으며 양보했다.

"아니오. 우리는 걸을 만하니, 하인들이 가져온 짐부터 신도록 합시다."

백동수가 놀라 반문했다.

"괜찮겠습니까?"

"허허! 아직은 문제가 없어요."

그의 양보로 짐들이 마차에 실렸다.

다행히 하인이 지고 온 짐은 열 대의 마차를 다 채우지 못했다. 그제야 이가환과 몇 사람이 마차에 탔다.

백동수가 말에 올라 손으로 신호했다.

"출발하라!"

백동수가 마차와 보조를 맞췄다.

"오신 지 얼마나 되었소?"

"이제 두 달이 되어 갑니다."

"본진이 다 온 게요?"

"며칠 전 여단 병력 전부가 넘어왔습니다."

"숙영지는 어떻게 준비가 되었소?"

"지난달에 모든 준비를 마칠 수가 있었습니다. 대감과 함께 오신 분들이 사용할 연구 시설과 숙소도 마찬가지고요."

"오! 그렇다면 바로 업무를 시작하면 되겠구려."

"그렇습니다. 그리고 관아에는 송상에서 지원하러 나온 사람들이 기다리고 있습니다. 대감께서 그들을 지휘해 인삼 포를 만드시면 되옵니다."

"허허! 거기까지 준비가 되었다고요."

"모두가 세자 저하의 지시 덕분입니다. 저하께서 저희가 시행착오를 거치지 않도록 미리미리 준비를 해 두셨습니다."

개혁군주

"그렇구려. 백 여단장도 강화는 처음이지요?"

"그렇습니다."

"둘러보니 어떻던가요?"

"고려조 때부터 간척을 해 와서인지, 생각보다 농지가 많았습니다. 거기다 염기가 다 빠져나가지 않은 평지도 많더군요. 덕분에 군사훈련을 하기에도 큰 어려움이 없고요."

"다행이구려."

두 사람은 읍성에 도착할 때까지 여러 대화를 나눴다. 그러던 행렬이 마침내 북문에 도착했다.

성문 앞에는 강화유수 김이익(金履翼)이 사람들을 이끌고 마중 나와 있었다. 이가환이 말에서 내리자 김이익이 다가와 인사했다.

"어서 오십시오, 대감."

"오랜만에 뵙습니다, 유수 영감."

"먼 길을 오시느라 고생이 많았습니다."

"아닙니다. 의외로 뱃길이 편해 쉽게 왔습니다."

김이익이 놀라워했다.

"배로 오셨다고요? 뱃길이 위험하지 않던가요?"

"판옥선이어서 조금도 힘들지 않았소이다. 영감께서도 귀향하실 때 배를 이용해 보세요."

김이익이 난색을 보였다.

"아무리 그래도 배는 조금 그렇사옵니다."

이러던 김이익이 서둘러 말을 바꿨다.

"여기 이 사람들은 저를 도와주었던 유수부의 관원들입니다."

강화유수의 지위는 종2품이다.

이런 유수를 종4품 경력과 종9품 향관이 보좌한다. 유수는 진무사(鎭撫使)도 겸직한다. 이런 유수를 위해 정삼품 당상관인 중군(中軍)이 보좌하며 수성장을 겸하고 있다.

강화가 왕실 직할령이 되면서 유수에게 부여된 군권이 회수되었다. 그래서 강화부의 병력을 지휘하는 중군 역할을 백동수가 맡았다.

그러나 수군은 달랐다. 교동수사가 가진 통어사의 직책을 유수가 겸직하게 했다.

인사가 끝나고 입성했다.

강화는 섬이지만 고려 때는 황도였을 정도로 요충지다. 조선에 들어와서도 이런 중요도는 달라지지 않아 꾸준히 정비를 해 왔다.

이런 노력 덕분에 강화는 다른 지역에 비해 그나마 정비가 잘되어 있었다. 동헌에 도착한 일행들은 강화여단에 도움을 받아 흩어졌다.

❈

세자는 이가환 일행이 무사히 도착했다는 보고를 받았다.

"처음으로 배를 탄 사람이 많았을 텐데, 문제는 없었답니까?"

좌익위 이원수가 대답했다.

"다행히 아무 일도 없었다고 합니다. 뱃멀미를 한 사람도 거의 없고요."

"다행이네요."

박종보가 보고했다. 박종보는 상무사가 출범하면서 실무를 맡게 되었다.

"저하! 의주 만상이 연필과 자동연필을 청국에 팔아 보겠다고 건의를 해 왔습니다. 이를 어떻게 처리하면 좋겠습니까?"

세자가 고개를 저었다.

"불가합니다. 청국과의 거래는 우리가 직접 합니다. 그리고 아직은 국내조차 제대로 보급이 되지 않아 여력도 없고요."

"대외 교역은 모두 우리가 관장합니까?"

"기존의 거래는 손을 대지 않을 거예요. 허나 전매품이 된 홍삼과 인삼은 우리가 직접 관장하려고 해요."

박종보의 표정이 심각해졌다.

"역관들의 팔포(八包)도 금한다는 말씀입니까?"

"지금 당장은 아니지만, 빠른 시일 안에 그렇게 만들 생각이에요."

박종보의 안색이 흐려졌다.

"사행에 들어가는 비용이 막대한데, 그걸 모두 우리가 부담한다는 말씀입니까?"

"그래요. 지금부터 개발하려 하는 광산이 성공하게 되면 사절단의 경비는 우리가 지급할 겁니다."

옆에 있던 이원수가 깜짝 놀랐다.

"아니, 사행에 들어가는 비용을 상무사가 지급한다고요?"

"그래요. 그리고 시기를 봐서 사행의 횟수도 대폭 줄이려고 해요."

박종보가 벌떡 일어났다.

"저하! 그건 있을 수 없는 일입니다. 공연히 그 문제를 거론했다간 자칫 엄청난 역풍을 불러올 수도 있습니다."

세자가 고개를 저었다.

"청국이 개국했을 때 저들은 다른 나라들처럼 3년에 한번 사신을 보내라고 했었어요. 그런데 우리가 우겨서 1년에 세 번이 되었어요. 이런 사행 횟수는 우리도 청국도 바람직하지 않아요."

"그렇기는 하지만 국초부터 해 왔던 방식을 어떻게 단번에 줄일 수 있단 말씀입니까?"

세자가 단호하게 정리했다.

"서로가 불편하고 국고에 부담이 되는 비용이 들어가는 일이에요. 그걸 관행이라고 유지한다는 자체가 어리석은 일이고요."

"하오나 북벌의 유지를 계승하기 위해서라도 수시로 연경을 다녀와야 한다고도 합니다."

개혁군주

"쓸데없는 일이에요. 연행에 들어가는 비용으로 첩보 요원을 양성하면 훨씬 더 유용한 정보를 얻을 수 있어요. 그리고 사행에 관한 일은 당장 시행하자는 게 아니니 그렇게만 알아 두세요."

"알겠습니다."

"그건 그렇고, 도면을 그릴 사람들이 더 필요한 거 같은데 확충할 수 있겠어요?"

"지금도 다섯이나 되는데, 얼마나 더 필요하신지요?"

"많을수록 좋은데, 우선은 다섯 정도의 화원과 보조로 열 명 정도가 더 있었으면 좋겠네요."

"무슨 설계를 하시려는데 그렇게 많은 인원이 필요하신 것입니까?"

"여의도와 용산을 개발하려고 해요."

"여의도라 하시면 한강에 있는 왕실 목장을 말씀하시는 겁니까?"

"그래요."

"그 섬은 비만 오면 섬의 절반 이상이 물에 잠깁니다. 그런 쓸모없는 섬을 어떻게 개발한다는 말씀이십니까? 그리고 용산은 황무지이고 일부는 공동묘지입니다."

세자가 지도를 펼쳤다.

"보시는 대로 용산은 요충지이지요. 그래서 나는 이 일대를 장차 군이 주둔할 거점 지역으로 만들려고 해요."

이원수가 지도를 보며 확인했다.

"장용영을 그리로 불러올리시려고요?"

세자가 고개를 저었다.

"아니요. 도성 안의 훈련도감과 훈련원, 그리고 각 군영을 순차적으로 이동시킬 거예요."

이원수가 고개를 갸웃했다.

"그러면 도성 방어는 누가 한단 말씀이십니까?"

"군대의 본연의 업무가 무엇이지요?"

"그거야 국토 방어가 아니겠습니까?"

"맞아요. 그런 군이 도성 안에 있을 필요가 없잖아요?"

"그렇기는 합니다. 허나 왕실을 보호하기 위해서는 군이 필요합니다."

"맞아요. 도성의 군 병력은 왕실 수호를 위한 금군(禁軍)만 있으면 돼요. 그런데 지금은 오군영이 모조리 도성에 들어와 있잖아요."

"그야 오군영이 모두 왕실을 보호하기 위해……."

세자가 손을 들어 제지했다.

"좌익위의 말이 맞아요. 그러나 실상은 어떻지요?"

"……."

이원수가 대답하지 못했다. 세자가 한 말의 진의가 무엇인지 바로 알아챘기 때문이다.

"지금의 오군영은 본말이 전도되어 있어요. 그로 인해 그

동안 여러 문제가 발생했고요. 심지어 아바마마께서는 화성
에다 장용영을 양성해야 했고요."

방 안에 무거운 침묵이 내려앉았다.

"……나는 이런 불합리를 이번에 정리하려고 해요. 그래
서 도성에는 금군 외의 어떤 병력도 돌아다니지 못하게 할
거예요."

밖에서 동조하는 소리가 들렸다.

"그거 아주 좋은 생각이로구나."

방 안 사람들이 깜짝 놀랐다. 바깥에서 들리는 목소리의
주인이 국왕이었기 때문이다.

세자와 두 사람이 서둘러 밖으로 나갔다. 국왕이 마당에서
흐뭇한 표정을 짓고 있었다.

"아바마마, 어인 행차이시옵니까?"

"허허! 내가 못 올 곳을 왔느냐?"

"그게 아니오라, 요즘은 익위사로 납신 적이 없어서요."

"마침 시간도 나고 해서 들렀다. 우선 들어가자."

"예, 아바마마."

국왕이 전각을 올라가려다 상선을 바라봤다. 지시도 하지
않았는데 상선이 바로 알아들었다.

"주변에 잡인의 근접을 막겠사옵니다."

"그리하라."

방 안으로 들어선 국왕은 먼저 꾸짖었다.

"군에 관한 일은 복잡 미묘하다. 그런 말을 조심 없이 하면 시작도 못 할 가능성이 크다."

세자가 고개를 숙였다.

"송구하옵니다. 설계에 대한 말을 하다 실수를 하였사옵니다."

"되었다. 다음부터 조심하면 되지. 그런데 네 말을 듣다 보니, 아비가 걱정되는 부분이 있더구나."

"도성의 치안 말씀이옵니까?"

"그렇다. 오군영이 빠져나가면 도성 치안은 공백 상태가 된다. 그걸 어떻게 해결할 거냐?"

"그건 너무도 간단한 일이옵니다."

"간단하다고?"

"예. 포도청의 역할을 대폭 확대하면 되옵니다."

국왕이 놀랐다.

"포도청을 확대해?"

"예. 포도청이 제 역할을 다하면 아무 문제가 없사옵니다. 그렇게 하기 위해서는 지금의 포도청을 검찰청에 버금갈 정도로 직제도 인원도 대폭 보강해야 하고요."

"으음!"

세자가 계획을 설명했다.

"포도청을 전국적으로 확대해야 하옵니다. 우선 한양 오부에 하나씩 설치하고요. 그리고 각도의 지방 군현에도 설치해야 하고…….”

설명은 한동안 이어졌다.

국왕이 심각한 표정으로 듣다 마침내 고개를 끄덕였다. 그러면서 핵심을 짚었다.

“포도청이 치안을 담당하면 지방 수령이 군권을 맡을 필요가 없어지겠구나.”

세자의 목소리가 높아졌다.

“바로 그것이옵니다. 포도청이 전국적으로 확대되면 군권은 쉽게 환수할 수 있게 되옵니다. 재판권에 이어 군권과 치안까지 분산되면, 고을 수령은 오롯이 행정만 담당하게 되옵니다.”

“그리되면 탐관오리들의 숫자도 절로 줄어들게 되겠구나.”

“그렇사옵니다. 물론 포도청과 결탁하는 자가 있을 수도 있을 것이옵니다. 그러나 지금처럼 무소불위하게 권력을 남용하는 일은 거의 없어질 것이옵니다.”

이원수가 조심스럽게 의견을 냈다.

“포청과 결탁하는 수령이 나오면 그게 더 문제가 되지 않겠사옵니까?”

세자가 대답했다.

“그런 일이 발생하겠지요. 그래서 감사원의 기능과 인력을 대폭 보강하려는 겁니다. 그리고 탐관오리들이 부당하게 취득한 범죄 수익은 몇 배로 강력히 환수해야 하는 것이고요.”

국왕이 나섰다.

"그 부분은 걱정하지 않아도 된다. 감사원이 발족하면서 탐관오리들은 죄질에 따라 다섯 배에서, 많게는 수십 배의 배상을 하게 되었다. 거기다 형량도 지금과는 비교할 수 없을 정도로 늘었다."

모두가 고개를 끄덕였다.

국왕이 확인했다.

"혹시 포도청의 개혁에 대해 정리한 게 있느냐?"

"잠시만 기다리시옵소서."

세자가 일어나 책장으로 갔다. 그러고는 그 안에 있는 책자 중 하나를 꺼냈다.

"여기 있사옵니다."

국왕이 표지를 되뇌었다.

"경찰청 창설 방안?"

"예, 아바마마. 소자는 포도청을 경찰청으로 이름을 바꿔 봤습니다. 경찰청은 지금처럼 왕실 직할 아문이며, 수장은 청장입니다. 경찰청은 한양을 비롯한 팔도에 지방청을 두며, 그 밑에 경찰서가 배속됩니다."

국왕이 설명을 들으며 책장을 넘겼다. 그러던 국왕이 너털웃음을 터트렸다.

"허허허! 외부 조직만 보강하는 게 아니구나. 경찰의 내부 조직도 세분화했어. 이 또한 대단하구나."

"황감하옵니다."

"흠!"

국왕이 책자의 내용을 한 번 더 검토했다.

"이 정도면 되었다. 이 정도면 조정에서도 별다른 이의를 제기하지 않겠어."

"부서 이동이 금지되는 걸 문제 삼을 수도 있지 않겠사옵니까?"

국왕이 고개를 저었다.

"그 부분은 걱정할 필요가 없다. 이전이었다면 그럴 수도 있겠지. 허나 지금은 법원과 감사원, 검찰이란 선례가 있어서 문제 될 게 없다. 그리고 왜 그렇게 해야 하는지도 이제는 모두 알고 있는 상황이다."

국왕의 장담대로였다.

법원, 검찰, 감사원으로 자리를 옮긴 사람들의 만족도는 최상이었다. 그로 인해 지원하지 않은 사람들은 상대적으로 박탈감을 느낄 정도였다.

국왕이 바람을 숨기지 않았다. "경찰청이 발족한다면 고을 수령들의 권한도 대폭 축소되겠구나. 아울러 통제받지 않던 권력도 제약을 받으면서 부정부패가 크게 줄어들겠어."

세자가 적극 동조했다.

"그렇사옵니다. 가장 문제인 아전들의 비리도 그만큼 줄어들 것이고요."

"그리만 되면 더없이 좋은 일이지."

국왕이 책자를 한쪽으로 밀었다. 그러고는 세자가 펼쳤던 지도를 살펴보다 두 곳을 짚었다.

"용산에 오군영의 병력을 모두 집결시키는 건 무리다. 병력은 분산하는 게 좋아."

"복안이 있으시옵니까?"

"총융청은 북한산성으로, 수어청은 남한산성으로 보내는 게 좋다."

"본연의 임무에 충실하게 하자는 거로군요."

"그렇지. 그래야 조정에서도 별다른 말이 나오지 않는다. 아울러 두 군영의 임무가 도성 방어란 명분에도 부합된다."

"알겠습니다. 그러면 훈국과 어영청, 그리고 훈련원만 주둔하는 걸로 설계를 하겠습니다."

국왕이 추가로 지시했다.

"남한산성과 북한산성 병영도 손을 볼 게 많을 거다. 그러니 화원을 보내 지금의 사정을 그려오도록 해라."

"예, 아바마마."

국왕이 경찰청 창설 방안을 들었다.

"아비가 다시 검토해 보고, 이상이 없으면 내일 상참에 바로 올려 논의해야겠다."

"바로 말이옵니까?"

"그래. 그러면서 오군영의 이동도 논의하마."

그렇게 국왕이 돌아갔다.

❀

다음 날.

국왕은 상참에 모인 대신들에게 경찰청 창설 방안을 발표했다. 그러고는 오군영의 병영 이동도 지시했다.

대신들의 관심은 지대했다. 관심이 경찰청 창설로 몰리면서 오군영 병력 이동은 뒷전이 되었다.

포도청은 한양 일대만을 아우른다. 반면에 경찰청은 전국을 아우르면서, 각 도에 지방청과 경찰서가 지역 곳곳에 설치된다.

이렇듯 방대한 조직은 연초에 출범한 법원과 검찰청이 유일하다. 그런 법원과 검찰청도 경찰보다 하부 조직이 세밀하지 않다.

경험이 풍부한 중신들은 경찰 조직이 곧바로 큰 권력이란 걸 알아챘다. 그렇다 보니 국왕이 창설 발표를 하자마자 몸들이 달았다.

"……그래서 과인은 백성들의 삶을 보다 편하게 하기 위해 경찰청을 창설하려 하오."

영의정 홍낙성이 나섰다.

"대규모 조직을 창설하려면 엄청난 인력이 들어가옵니다.

그 인력을 어떻게 충당하려 하시옵니까?"

"당장 모든 하부 조직까지 구축할 수는 없소. 인력도 그만큼 많이 필요하겠지만, 소요되는 예산도 엄청날 터이니 말이오. 그래서 우선은 중앙 조직부터 구성하려 하오."

"중앙 조직이라면 어디까지를 말씀하시는 것이옵니까?"

"본청과 각 도의 지방청, 그리고 한양 오부의 경찰서까지를 먼저 조직하려고 하오."

좌의정 채제공이 의문을 제기했다.

"지방에서 발생하는 사건 사고는 어떻게 처리하옵니까? 지방청에서 수사관이 파견되옵니까?"

국왕이 고개를 저었다.

"그랬다간 일을 제대로 처리할 수 없겠지요. 그래서 우선은 각 고을에 분소를 두고 몇 명의 수사관을 상주시키려고 하오. 그래서 그들로 하여금 사건 수사를 전담시킬 생각이오."

채제공이 우려했다.

"몇 명이라고 해도 전부를 모으면 그 인원이 상당하옵니다. 그 많은 인원은 어떻게 선발하시려 하옵니까?"

국왕의 대답에는 거침이 없었다.

"경찰청이 창설되면 각 고을의 형방 조직은 필요가 없어질 거요. 과인은 이 조직을 경찰청으로 흡수할 생각이오."

편전이 술렁였다. 홍낙성이 다시 나섰다.

"지방 아전을 경찰청으로 흡수하시면 그들의 처우는 어떻게 하옵니까?"

"당연히 소속이 바뀌는 만큼 적더라도 일정한 녹봉을 지급해야겠지요."

"그들 중 탐학한 자들도 많을 것이옵니다. 그런 자들도 모두 흡수한단 말씀이옵니까?"

국왕이 고개를 저었다.

"그런 자들은 당연히 걸러 내야겠지요. 과인은 경찰청을 창설하기 전에 감사원의 조사관들을 전국에 파견할 것이오. 그래서 그들이 조사한 자료를 바탕으로 수사관을 인선할 생각이오. 그러다 문제가 발견되면 즉각 검찰청 검사를 파견할 것이오."

"그리하면 자연스럽게 비리 아전도 색출되겠군요."

"그렇소이다."

중신들이 고개를 끄덕였다.

감사원의 조사관들은 삼사 출신이 많다. 이런 조사관들이 파견되면 그나마 공정한 조사가 가능했다.

여러 의견이 나왔다. 그런 의견들은 대부분 세자가 만든 방안의 범주를 넘지 않았다.

관심도 폭증했다.

경찰청 창설이 처음 거론되었음에도 일사천리로 진행되었다. 관직이 많이 생기는 일이었기에 어느 당파에서도 반대가 없었다.

개혁의 파도가 또 한 번 몰아쳤다.

놀랍게도 이번 파도는 모든 정파의 지지를 받으며 순항했다. 경찰청이 새롭게 발족하고, 오군영의 병력 이동도 확정되었다.

❈

몇 개월이 흘렀다.

장마가 막 시작되는 6월 하순.

용산 병영이 완공되어 병력 이동을 마쳤다는 보고가 들어왔다.

보고를 받은 국왕은 크게 기뻐했다.

이로써 한양에는 궁궐 수비를 담당하는 호위청(扈衛廳)과 금군인 금위영만 남았다. 금위영은 그동안 체질이 대폭 개선되어 친위 부대로 거듭나 있었다.

기분 좋은 소식을 들은 국왕이 동궁을 찾았다.

몇 개월 동안 여러 일이 진행되었다.

세자가 가장 신경 쓰고 있는 부분은 단연 강화였다. 세자는 판옥선을 닷새마다 정기 운행하게 했다.

강화에 필요한 물자를 전해 주고 현지 소식을 듣기 위해서였다. 그로 인해 판옥선이 들어올 때마다 보고서도 함께 왔다.

보고서에는 그림도 항상 첨부되었다. 이런 보고서 덕분에 강화에서 진행되는 업무 현황을 그나마 세세히 살필 수 있었다.

개혁군주

병영 건설과 여의도 개발에 대해서도 많은 노력을 했다. 세자를 돕기 위해 도화서 화원과 선공감 장인들이 동궁에서 살다시피 했다.

병영은 강화와 같이 막사가 전부 벽돌로 지어졌다. 이를 위해 강화에서 기술을 익힌 장인들이 대거 투입되었다.

병영 건설에 병력도 동원되었다. 덕분에 공사는 일사천리로 진행되면서 장마 전에 공사를 마치고 병력을 이주시킬 수 있었다.

동궁의 상무사를 찾은 국왕은 사방에 널려 있는 도면을 보며 혀를 찼다.

"쯧쯧! 아비가 쉬엄쉬엄하라고 했거늘, 또 도면을 보고 있었던 게냐?"

세자가 머리를 긁적였다.

"제방 설계도가 마무리되고 있어서 정리하고 있었사옵니다."

국왕이 도면을 살피다 칭찬했다.

"설계가 잘되었구나. 이렇게 제방을 쌓는다면 홍수가 나도 문제가 없겠어."

"예, 그리고 샛강도 준설해서 물 흐름을 나누어야 합니다. 그러면 여의도는 홍수에서 완전히 벗어날 것이옵니다."

"좋은 생각이다. 그런데 제방 공사는 의외로 많은 예산이 들어간다. 아직 외국과의 교역을 시작하지 않은 마당인데, 예산을 어떻게 충당하려 하느냐?"

세자의 대답이 주저 없이 나왔다.

이앙선

"그 부분은 신경 쓰지 않으셔도 되옵니다."

"무슨 좋은 방안이라도 있단 말이냐?"

"상무사가 광산을 개발한다는 보고를 기억하시옵니까?"

국왕이 고개를 끄덕였다.

"당연히 기억하지. 연초에 과인이 상무사의 광산 개발을 승인해 주지 않았더냐?"

"그렇사옵니다. 아바마마의 윤허를 받아 지난달부터 부평의 만월산 일대를 본격적으로 탐사하고 있사옵니다."

"그래? 부평에서 좋은 결과라도 나왔느냐?"

"아직은 없사옵니다. 하오나 조금만 더 조사한다면 분명 양질의 광맥이 발견될 것이옵니다."

국왕이 지적했다.

"너무 큰 기대를 갖지 마라. 생각대로만 된다면 더없이 좋겠지. 허나 광맥이 발견되지 않을 가능성도 있음을 명심해라."

세자가 한발 물러섰다.

"명심하겠사옵니다. 그래서 저는 부평뿐이 아니라 평안도 운산에도 희망을 걸고 있사옵니다."

"평안도 운산도 탐사하고 있느냐?"

"인삼 수매와 홍삼 제조 때문에 송상 사람을 자주 만났습니다. 그들 중 평안도가 고향인 사람의 말에 의하면, 운산에는 예로부터 사금이 자주 발견되었다고 하옵니다. 사금이 발견된다는 건 분명 주변에 금광맥이 있다는 방증이지 않겠사옵니까?"

"그렇기는 하지."

"그래서 부평과 함께 운산에도 사람을 보내 광맥을 탐사하고 있사옵니다. 머잖아 좋은 소식이 들려올 것이옵니다."

국왕이 경계했다.

"시도하는 거야 나쁘지 않다. 허나 기대가 크면 실망도 클 수가 있음을 알아야 한다."

국왕은 광산 개발에 우려를 나타냈다. 세자도 더는 거기에 대한 말을 하지 않았다.

"예, 아바마마. 그래서 대외 교역을 위한 준비도 게을리하지 않고 있사옵니다."

국왕이 슬쩍 세자를 질책했다.

"너는 아비에게 일을 많이 하지 말라고 하지 않았느냐? 그런데 요즘 보니 일은 네가 더 많이 하는 것 같구나."

세자가 얼굴을 붉혔다.

"소자는 아바마마에 비하면 조족지혈이옵니다. 소자는 사람을 시켜 일하고 아바마마께서는 만기를 친람하시옵니다. 그러니 꼭 옥체 보중하셔야 하옵니다."

국왕이 크게 웃었다.

"하하하! 오냐. 아비도 요즘 일을 많이 줄여 가는 중이다. 그래서 남는 시간은 걷기를 부지런히 하고 있단다."

"소자의 청을 들어주셔서 감읍하옵니다."

"아니다. 많이 걷다 보니 요즘 들어 몸이 가벼워진다는 느낌이 많다. 그래서 일부러라도 더 많이 걸으려고 노력하는 중이다."

"분명 건강에 큰 도움이 될 것이옵니다."

이때였다.

전각 밖이 소란스러워졌다.

"무슨 일이냐?"

국왕의 물음에 상선이 들어와 고했다.

"전하! 경상좌도 기장에서 파발이 당도했사옵니다."

"무슨 일이 있는 게냐?"

상선이 가져온 장계를 바쳤다.

"이양선(異樣船)이 난파되었다고 하옵니다."

국왕이 깜짝 놀라 장계를 살폈다.

"다행히 문제가 발생하지는 않았구나."

세자가 급히 질문했다.

"어느 나라의 난파선인지는 확인이 되었어요?"

국왕이 고개를 저었다.

"아직은 모른다. 다행히 양이들 중에 일본말을 하는 자가 있었다고 하는구나. 그래서 급히 동래로 사람을 보내 대화를 시도한다고 했다."

세자의 머릿속이 번쩍했다.

"그렇다면 저들은 화란(和蘭)이라고 불리는 네덜란드 사람일 겁니다."

국왕이 놀라 반문했다.

"화란? 그들이 화란 사람이라는 걸 세자가 어찌 아느냐?"

"일본은 나가사키라는 숨구멍으로 서양과 교역하고 있사옵니다. 그런 나가사키를 드나들 수 있는 유일한 서양인이 화란 사람입니다."

"양이들도 나라가 많을 터인데 왜 그들만 드나들 수 있는 게냐?"

세자의 설명은 거침이 없었다.

"일본도 천주교의 전파에 대해 극도의 경계심을 갖고 있습니다. 그런데 화란 사람들은 천주교 신자가 거의 없고 종교도 전파하지 않습니다. 그래서 에도 막부는 서양인 중 그들만 출입할 수 있는 자격을 부여해 준 것이옵니다."

국왕이 대번에 이해했다.

"순수하게 교역만 하기 위해 화란 상인들을 선택했다는 말이구나."

"그렇사옵니다. 일본도 처음에는 포르투갈이란 나라의 상인들과 교역했었습니다. 그런데 그들이 대놓고 천주교를 전파하는 것에 놀라 모조리 몰아냈다고 하옵니다. 그 대신 종교 전파와 무관한 화란 상인들을 불러들인 것이옵니다."

국왕이 천천히 고개를 끄덕였다.

"앞으로 대외 교역을 할 상무사가 참고해야 할 일이구나."

세자가 의외의 제안을 했다.

"아바마마, 저들을 한양으로 불러 보면 어떻겠는지요?"

국왕이 깜짝 놀랐다.

"양이들을 한양으로 부르란 말이냐?"

"예. 저들이 화란 상인이라면 우리가 진행할 대외 사업에 큰 도움이 되옵니다."

다른 일이라면 국왕은 두말하지 않고 세자의 청을 들어주었다. 그러나 서양인들을 불러들이는 일이다 보니 난색을 보였다.

"쉬운 일이 아니다. 지금까지는 너와 내가 추진하는 일이어서 별다른 반발이 없었다. 허나 양이들이라면 이유 여하를 막론하고 경기부터 일으키는 중신들이 많다."

"전례가 있는 일이어서 중신들도 큰 반대를 하지는 못할 것이옵니다."

국왕의 용안이 커졌다.

"전례가 있었다니 그게 무슨 말이냐?"

"인조대왕 시절 귀화한 남만인(南蠻人) 박연(朴淵)이 네덜란드 사람입니다. 그리고 효종대왕 때 난파되어 왔던 하멜이란 사람도 네덜란드인이고요. 그들 중 한 사람은 귀화해 우리 사람이 되었고, 다른 사람도 10년 넘게 본국에 머물다 돌아갔사옵니다."

국왕이 크게 고개를 끄덕였다.

"맞다. 그럴 일이 있었다. 아비가 그런 일이 있었다는 걸 잠깐 잊고 있었구나."

"그들은 본국에 머물며 군사 부문에 많은 일을 했다고 합니다. 소자도 그런 선례에 따라 이번에 난파되어 온 네덜란드인들을 활용했으면 하옵니다."

"그들을 붙잡아 두겠다는 말이냐?"

"아니옵니다. 소자는 단지 그들과 거래를 해 보려고 하옵니다."

"거래를 하겠다고?"

"그렇사옵니다."

세자가 자신의 계획을 한동안 설명했다. 그 말을 들은 국왕이 잠시 숙고하다 승낙했다.

"좋다. 그런 일이라면 그들을 불러 보는 것도 나쁘지 않겠다."

"감사하옵니다. 그리고 그들을 용산 병영에 머무르게 했으면 하옵니다."

"용산은 군영이다. 그런 군영에 저들을 머무르게 할 이유가 있느냐?"

"구치소로 사용할 막사가 병영과 분리되어 있사옵니다. 저들을 한양으로 바로 불러들였다가, 자칫 불미한 일이 발생할 수도 있사옵니다. 반면에 용산 병영은 여기서 멀지도 않을뿐더러 군영이어서 여러모로 편리할 것이옵니다."

국왕이 이 말을 듣고서야 승낙했다.

"거기에 머무르게 하자. 용산 병영은 새로 만든 군영이어서 저들이 머무르는 데도 불편하지 않을 게다. 알겠다. 네 말대로 그렇게 해 보자."

세자가 두 손을 모았다.

"감읍하옵니다. 이번에 일을 처리함에 있어서 실망시켜 드리지 않겠사옵니다."

국왕이 너털웃음을 터트렸다.

"하하하! 오냐, 잘해 보도록 해라."

국왕이 돌아가자 세자는 김 내관을 불렀다.

"저들을 머무르게 할 장소가 구치소여서 깨끗하지 않을 수가 있어. 그러니 김 내관이 사람을 데리고 가서 저들이 머물

막사를 깨끗이 손보도록 해."

"그러려면 미리 훈국 대장에게 연통을 드려야 하지 않겠습니까?"

세자가 그 자리에서 서신을 작성했다.

"이 편지를 훈국 대장에게 전달하도록 해."

"알겠사옵니다."

인사를 한 김 내관이 서둘러 나갔다.

세자는 파발을 불러 따로 지시를 내렸다. 그러고는 네덜란드 상인들이 사용하는 항해용 물건과 그들이 갖고 있는 책도 가져오라고 했다. 물론 교역 물품은 견본만 수집하란 지시도 잊지 않았다.

세자는 네덜란드 상인을 빨리 만나 보고 싶었다. 그래서 유럽과 바깥 사정을 직접 들어 보고 싶었다.

그러나 이런 바람은 곧바로 시작된 장마로 인해 바로 이뤄지지 않았다. 하염없이 쏟아지는 장맛비는 사람의 발을 묶었으며, 결국 한 달이 훌쩍 넘어서야 한양에 올라올 수 있었다.

※

헨드리크 시몬스는 죽을 맛이었다.

그의 아버지는 동인도회사 직원이었다. 그래서 열여섯에 아버지를 따라 배를 타기 시작했다.

개혁군주

그때부터 지금까지 동인도회사 직원으로 성실히 일해 왔다. 그러던 십여 년 전, 결혼과 함께 바타비아에 정착했다.

덕분에 중간관리자도 되었다.

이십여 년을 배를 타면서 시몬스는 몇 번의 위기가 있었다. 그러나 그때마다 별다른 어려움 없이 위기를 넘겨왔었다.

그러나 이번은 아니었다.

바타비아를 출항한 배는 목적지인 나가사키를 얼마 남겨두지 않고 폭풍우를 만났다. 풍랑을 동반한 폭풍우는 사흘 동안 몰아쳤고, 그 여파로 배는 운항 능력이 상실되어 항로를 이탈했다.

표류하던 배는 해류를 따라 흐르다 낯선 해안에 좌초했다. 바타비아와 나가사키는 멀지 않은 거리여서 배에는 식량을 많이 싣지 않았다.

그런 상황에서의 좌초는 어떻게 보면 다행한 일이었다. 그러나 이런 안도는 얼마 가지 않았다.

갑자기 해안에 처음 보는 군사들이 몰려왔다. 그러더니 작은 쪽배를 타고 몇 명이 배로 다가왔다.

그렇게 다가온 병사들은 뭐라고 외쳐 댔으나 하나도 알아들을 수 없었다. 그러던 중 일본어를 할 수 있는 직원이 도와달라고 소리쳤다.

그 말을 들은 사람들은 기다리라는 손짓을 하고는 돌아갔다. 상대가 악의가 없다는 걸 알게 된 그들은 배에서 하루를

꼬박 기다렸다.

❋

　그리고 다음 날 오후.
　다시 작은 배를 타고 몇 사람이 다가왔다. 그런 사람 중 놀랍게도 일본어를 하는 사람이 있었다.
　"그대들은 어디서 온 누구입니까?"
　"우리는 바타비아에서 일본의 나가사키로 가던 네덜란드 상인들입니다."
　"네덜란드가 어디에 있는 나라이지요?"
　"우리나라를 일본에서는 화란이라고 부릅니다."
　"화란? 금시초문인 나라네요. 그건 그렇고 여기까지 온 까닭이 무언가요?"
　"보다시피 풍랑을 만나 표류하다 여기까지 흘러온 거요."
　"혹여 본국을 정탐할 목적은 아니겠지요?"
　"전혀 없습니다. 그런데 여기가 어느 나라요?"
　"일본의 옆에 있는 조선이라는 나라입니다."
　네덜란드 상인은 조선을 아는지 안색이 환해졌다.
　"아! 그렇습니까?"
　두 사람은 여러 대화를 나눴다. 그런 대화를 나누던 네덜란드 상인이 지원을 요청했다.

"우리 배가 지금 항해 기능을 상실했소이다. 미안하지만 귀측이 이런 우리를 도와주셨으면 합니다."

조선인 역관이 배를 둘러보다 고개를 저었다.

"배가 암초에 많이 올라탔습니다. 그 바람에 배의 하부가 많이 부서졌는데, 도와준다고 해도 당장은 어렵습니다."

"그러면 도움을 못 주겠다는 말입니까?"

"아니요. 우리 조선은 누구든 좌초한 배는 도와주라고 국법에 정해져 있습니다. 그게 당신들처럼 양이라도 말입니다. 허나 지금 이 상태로는 수리가 곤란하니 당신들이 하선해야 하는 게 문제입니다."

"그럼 우리가 무엇을 해야 합니까?"

"하선하려면 먼저 조정에 품계를 올려 사정을 보고해야 합니다. 그런 뒤 어찌할 바를 정해야 하니, 당분간 배에서 대기해야 합니다."

"알겠습니다. 그렇게 하지요. 다만 깨끗한 물과 신선한 고기와 채소를 공급해 주셨으면 합니다."

"기다리세요. 그 정도는 별도의 지시를 받지 않아도 도와줄 수 있습니다."

역관이 돌아가고 얼마 지나 신선한 물과 채소, 그리고 막 잡은 돼지고기가 덩어리째 올라왔다.

선원과 상인들은 조선의 배려에 감사했다. 그러면서 빨리 돌아갈 수 있다는 기대감에 환호했다.

그런데 장마가 시작되면서 사정이 달라졌다.

기다림은 하염없이 길어졌다. 그렇게 십여 일이 지난 어느 날, 조선인 역관이 다시 찾아왔다.

"그대들을 본국의 국왕 전하와 세자 저하께서 보고자 하시오. 그러니 잠시 하선해 우리와 함께 한양을 다녀옵시다."

시몬스가 대번에 반발했다.

"지금 무슨 말씀을 하는 겁니까? 우리는 단지 약간의 도움을 바랄 뿐이지, 귀국의 국왕을 만날 생각은 조금도 없습니다."

역관이 네덜란드 상인을 보고 소리쳤다.

"우리 세자 저하께서 이런 말씀을 하셨소! 우리와 거래를 하려면 반드시 한양으로 올라오라고요."

통역을 통해 말을 들은 시몬스가 깜짝 놀랐다. 그런 그는 직접 역관에게 소리쳤다.

"귀국의 세자께서 우리와 거래를 하자고 한 게 사실입니까?"

"그렇소이다. 그러면서 우리 조선은 거래할 물건과 주문할 물건이 많다고 하셨소이다. 그러면서 상인이라면 절대 이런 기회를 놓치지 않을 거라는 말도 하셨고요. 어떻게, 우리와 함께 한양으로 가겠소?"

시몬스가 바로 소리쳤다.

"가겠소이다! 무조건 가겠소이다!"

"좋소이다. 그런데 조건이 하나 있소이다."

"그게 뭐지요?"

"그대들이 사용하는 항해 용품과 해도, 갖고 있는 서적을 함께 가져오라고 하셨소. 그대들이 일본에 파는 물건이 무엇인지 견본도 함께 말이오."

시몬스는 세자가 왜 이런 주문을 했는지 바로 알아챘다. 그는 두말하지 않고 승낙했다.

"좋소이다. 그렇게 하겠소."

역관이 품속에서 무언가를 꺼내 건넸다.

"그리고 이 글을 알아보는 사람이 동행하길 바라셨소."

"그게 뭐요?"

"나도 모르는 글이오?"

"좋소. 올려 보내시오."

내려진 소쿠리에 역관이 무언가를 담았다. 이윽고 소쿠리가 올라오고, 시몬스가 그 안을 들여다보니 종이가 접혀 있었다.

시몬스가 무심히 종이를 펴다 대경실색했다.

Anyone who can speaks English?

"정녕 이걸 귀국의 세자께서 쓴 것이오?"

역관이 고개를 저었다.

"거기까지는 잘 모르겠소. 허나 세자께서 그대들에게 전해 주라고 한 건 분명한 사실이오."

시몬스의 목소리가 갑자기 커졌다.

"가겠소! 우리 모두 올라가겠소이다!"

역관이 웃었다.

"하하하! 그렇게 하시오. 장마 중이니 비가 그치면 출발할 것이오. 그동안 그대들의 식량은 우리가 대 주겠으니, 허가 없이 하선해선 아니 되오."

"그렇게 하겠소이다."

❈

그리고 이십여 일이 흘렀다.

바타비아의 우기는 길어 몇 개월 동안 비가 내린다. 이런 우기를 일상으로 겪는 네덜란드 사람에게 조선의 장마는 별로 힘들지 않았다.

그런 장마가 끝나고 시몬스와 그 일행은 바로 이동했다. 이들은 세자의 주문대로 자신들이 사용하고 있는 각종 물건을 전부 정리했다.

그러고는 조선이 제공해 준 우마차를 타고 한양으로 출발했다.

본래는 바다를 이용하는 게 쉽다.

그럼에도 네덜란드인의 여정을 육로로 잡은 건 이유가 있었다. 세자는 이들을 백성들에게 보여 주면서 세상이 변하고

개혁군주

있다는 걸 알려 주고 싶었다.

이런 세자의 계획은 대성공을 거뒀다.

시몬스와 그 일행은 상경하는 내내 곤욕을 치러야 했다. 말보다 빠른 소문 덕에 이들이 지나는 길목에는 항상 인산인해였다.

모여든 백성들은 시몬스 일행을 보고 신기해하거나 무서워 숨기도 했다. 그러면서도 서양인들의 모습을 세밀히 관찰했다.

시몬스 일행은 처음에는 난감했다.

구경거리가 되었다는 생각에 화가 났다. 그러면서 혹시 잘못될 수도 있다는 사실에 불안도 했다.

그러나 보름여의 여정 동안 아무 일도 일어나지 않았다. 아니, 쉬는 곳마다 좋은 음식을 대접받으며 불안감이 차츰 걷혔다.

그러다 마침내 용산에 도착했다.

역관이 병영을 소개했다.

"그동안 고생 많았습니다. 여기가 여러분이 머물게 될 용산 병영입니다."

시몬스가 의아해했다.

"건물의 형태가 지금까지 본 것들과는 전혀 다르군요. 마치 우리 서양의 막사와 비슷합니다."

역관이 고개를 갸웃했다.

"이상한 일이군요. 이 병영은 세자 저하의 명으로 만든 것인데 서양과 비슷하다고요?"

"그렇습니다. 혹여 귀국의 세자께서 서양을 다녀오셨나요?"

역관이 크게 웃었다.

"하하하! 지금 무슨 말씀을 하시는 겁니까? 우리 저하께서는 이제 겨우 여섯에 불과합니다."

시몬스의 눈이 더없이 커졌다.

"예? 겨우 여섯이라고요?"

"예. 세자 저하는 아직 대궐 밖을 나오신 적도 없는 분이에요. 그런데 그런 분이 어찌 서양을 아시겠어요."

"혹여 서양 서적을 보셨을 수도 있지 않습니까?"

"그 점은 모르겠네요. 자! 먼 길을 오셨으니 오늘은 여기서 쉬면 됩니다. 그러니 막사로 들어가, 짐부터 푸시지요."

"그럽시다."

기장에서 용산으로 올라온 네덜란드 사람들은 오십여 명이나 되었다. 이들 중 상인은 십여 명이고 나머지는 선원들로, 전부 동인도회사 소속이었다.

시몬스는 막사로 들어가서도 놀랐다.

"이게 뭐야. 내부도 전혀 다르잖아. 마치 긴 침대가 놓여 있는 거 같아."

동행한 상인이 손으로 가리켰다.

"그러게 말입니다. 그리고 저기 있는 건 페치카 같은데요?"

시몬스가 그곳을 보다 놀랐다.

"저건 또 뭐야. 북방에서 사용하는 러시아식 벽난로잖아?"

"놀랍네요. 조선의 병영에서 페치카를 보다니요. 혹시 두 나라가 교류하는 건 아닐까요?"

시몬스가 고개를 저었다.

"아닐 거야. 조선도 일본처럼 쇄국정책을 유지하고 있다고 들었어."

이때, 다른 사람이 창을 가리켰다.

"저기를 보시지요. 창문에 유리가 아닌 종이를 붙였네요. 저건 왜 저럴까요?"

다른 상인이 나섰다.

"혹시 조선에는 유리가 없는 건 아닐까?"

시몬스도 동조했다.

"그건 유리가 없어서 그래. 일본도 우리와 교류하기 전에는 유리가 없었다고 들었어."

❖

이들이 이러고 있을 무렵, 조정도 대궐도 분주했다.

이들의 도착을 보고받은 세자가 모처럼 편전을 찾았다.

"주상 전하, 세자 저하 드셨사옵니다."

국왕이 반색했다.

"오! 어서 들어오라고 해라."

문이 열리고 세자가 들어와 공손히 인사했다.

"이리 가까이 와 앉아라."

세자가 중신을 지나 국왕 앞에 앉았다.

"오늘 웬일로 세자가 편전을 찾았느냐? 기별을 넣었으면 과인이 올라갔을 터인데."

"화란 상인들이 용산에 왔다는 말을 듣고 아바마마를 찾아뵈었사옵니다."

"과인도 보고를 받았다. 그래서 중신들과 그 일을 논의하고 있었는데, 무슨 할 말이 있는 게냐?"

"그들을 대궐로 부르려고 하시옵니까?"

국왕의 중신들을 바라봤다.

"중신들이 그게 좋다고 한다. 과인도 그게 좋을 거 같다는 생각인데, 우리 세자는 다른 생각이 있는 게냐?"

"혹여 그들을 대궐로 불러들이면 관복을 입혀야 하옵니까?"

윤시동이 나서서 대답했다.

"당연히 그래야 하옵니다. 누구든 입궐하려면 관복을 착용하게 되어 있는 게 나라의 법도이옵니다. 이는 양이라고 해서 예외는 없사옵니다."

세자가 의문을 제기했다.

"이해가 잘 안 되네요?"

"무엇이 말이옵니까?"

"화란 상인을 불러올린 이유는 저들의 실상을 직접 살펴보자는 목적 아닌가요? 어떤 옷을 입고 있는지, 생각은 우리와 어떻게 다른지, 또 그들의 문화 수준은 어떠한지를 바로 알자고요."

국왕이 동조했다.

"네 말대로 저들의 실상을 알고자 부른 게 맞다."

세자가 문제를 지적했다.

"일부러 부른 자들이옵니다. 우리 옷을 입히고 우리 풍습을 강요하면 저들의 본모습은 알아볼 수 없게 되옵니다. 그리고 그렇게 해서 불러들이면 저들의 진술에만 의지해야 하는 문제점도 있고요. 그래서야 어떻게 서양의 실상을 제대로 알아내겠사옵니까?"

세자의 조리 있는 지적이었다. 국왕은 크게 흡족해하며 고개를 끄덕였고, 몇몇 대신들은 탄성까지 터트렸다.

윤시동의 얼굴이 붉어졌다.

"양이들은 혹세무민하는 자들입니다. 그런 자들은 우리의 지엄함을 알리며 추궁하면 실상을 아는데 어렵지 않습니다."

세자가 고개를 저었다.

"추궁이라니요. 저들이 무슨 죄가 있기에 추궁을 하나요? 본국은 예로부터 난파된 타국 선박을 긍휼해 왔었습니다. 그런데 죄도 없는 외국 사람들을 기장에서 여기까지 데리고 와서 형률로 다스린다고요?"

윤시동의 대답이 궁해졌다.

"추궁한다고 해서 형률로 다스리자는 게 아니오옵니다. 신이 올린 말씀의 취지는 저들을 적당히 겁박해서 실상을 알아보자는 의미이옵니다."

세자가 고개를 갸웃했다.

"왜 그렇게까지 해야 하지요? 저들은 난파된 게 오로지 죄라면 죄예요. 우리는 그런 화란 상인들에게 알아볼 게 많아요. 해양을 항해하는 항해술도 확인해서 배울 게 있으면 배워야 하고요. 그런데 저들을 겁박해서 어떻게 좋은 결과를 얻겠어요?"

이때, 누군가 반대하고 나섰다.

"저하, 양이들에게 배우다니요. 천부당만부당이옵니다. 자칫 저들의 삿된 말과 행동에 미풍양속을 해칠 수도 있사옵니다."

세자가 이상하다는 듯 바라봤다.

"저는 경전에서 삼인행필유아사(三人行必有我師)라고 배웠어요. 여든이 되어도 세 살 아이에게 배울 게 있으면 서슴지 않아야 한다는 말도 들었고요. 그런데 외국 사람이라고 배우면 안 된다니요? 제가 경전을 잘못 배운 건가요?"

말을 한 사람은 서용보(徐龍輔)다.

서용보는 총신(寵臣)이다. 열일곱에 소년 급제를 한 그는 국왕의 총애를 받으며 여러 관직을 거쳤다.

개혁군주

삼십 대 초반에 부사로 연경을 다녀왔으며, 경기도 관찰사를 거쳐 규장각 직제학이 되었다.

본래는 서용보가 경기도 관찰사 재임 시절 암행어사였던 정약용의 탄핵을 받아 파직된다. 곧바로 복권된 그는 정약용을 끝까지 괴롭히며 18년간 귀양살이를 하게 만든다.

18년 귀양살이가 끝나고 해배되자, 정약용은 다시 출사하고 싶어 했다. 그러나 이런 바람도 서용보의 반대로 인해 끝내 좌절되었다.

두 사람 다 대단한 인재다.

그런데 한 번의 악연으로 철천지원수가 되었다. 그로 인해 우리는 최고의 학자를 얻었지만, 정약용은 평생 고통스러운 삶을 살아야만 했다.

그러나 이번은 달랐다. 정약용이 약학청장이 되어 강화로 넘어가면서 둘 사이의 접점이 사라진 것이다.

이런 서용보가 난색을 보였다.

"저하의 말씀이 일리는 있사옵니다. 하오나 국법은 지엄해서 누구도 어길 수는 없사옵니다. 황망하오나 저하께서도 이점을 간과하지 않으셨으면 하옵니다."

서용보가 좋게 세자를 다독였다.

중신들은 세자의 논리 정연한 말에 많이들 놀랐다. 그러나 법을 어길 수는 없어서 대부분 곤란한 표정들이었다.

세자도 이런 분위기를 모르지 않았다. 아니, 내심으로는 이렇게 되기를 바라고 있었다.

세자가 고개를 갸웃했다.

"국법을 어기지 않으면 되지 않나요? 저는 해결할 방안이 있는데 왜 이런 말씀을 하시는지 모르겠네요?"

일순간 편전이 크게 술렁였다.

국왕이 대번에 관심을 보였다.

"오! 우리 세자가 묘안이 있나 보구나. 무슨 생각인지 어서 말을 해 보아라."

"직접 가 보면 되옵니다."

뜻밖의 대답에 국왕도 놀랐다.

"뭐라고? 직접?"

"예. 저들의 실상을 가장 잘 알려면 용산을 직접 가 보면 되옵니다."

편전의 분위기가 싸해졌다.

도승지 이조원이 반대 의견을 냈다.

"저하! 주상 전하께옵서는 나라의 지존이십니다. 그런 전하께서 양이들을 보기 위해 어떻게 거둥하실 수 있단 말이옵니까?"

세자가 반문했다.

"공자께서는 지식을 얻기 위해 수천 리를 마다하지 않으셨다고 했사옵니다. 여기서 용산은 십여 리에 불과한데 가지 못할 이유가 어디 있습니까?"

개혁군주

공자를 들먹이니 이조원의 말이 궁해졌다. 그러자 누군가 다시 나서려 할 때 세자의 말이 이어졌다.

"용산의 서양인은 화란이라는 나라 사람들입니다. 일본과 수백여 년간 교역을 해 왔고요. 우리처럼 쇄국정책을 유지하는 일본과 그래 왔지요. 그런 일본이 왜 저들에게만 교역을 허용했을까요?"

세자가 말을 멈추고 편전을 둘러봤다. 세자가 이 정도로 논리 정연할 줄 몰랐던 대신들은 헛기침을 하며 고개를 돌렸다.

세자가 생각을 밝혔다.

"저는 정말 궁금해요. 왜 저들만 일본과 교역을 할 수 있었는지요. 만일 그게 우리 국익과 부합이 된다면, 저들은 상무사의 대외 교역에 큰 도움이 될 거예요. 아울러 저들을 잘 활용하면 다른 서양 상인들과의 교류도 쉬워질 것이고요. 그리고 부국강병에 도움이 될 단서를 얻을 수 있는지도 기대가 되고요."

세자가 중신들을 둘러봤다.

중신들은 세자의 말이 이런데도 가 보지 않겠냐는 일종의 권유라는 걸 모르지 않았다. 그런데도 체면 때문에 쉽게 그러자는 말을 못 했다.

이런 난처함을 국왕이 풀었다.

"세자의 말이 옳다. 나라에 도움이 된다면 가 보지 않을 이유가 없지. 아니, 과인이 직접 가서 확실하게 알아봐야겠다. 저들이 정녕 국익에 도움이 되는지 해가 되는지 말이다. 도승지는 들어라."

"하교하여 주시옵소서."

"과인이 내일 용산으로 가 봐야겠다. 그러니 승정원은 그에 대한 차비를 준비토록 하라."

다른 때라면 의견이 분분했을 것이다.

그러나 이번에는 누구도 안 된다는 말을 하지 않았다. 그런 중신들의 마음속에는 세자에 대한 놀라움이 한가득 들어 있었다.

국왕이 정리했다.

"오늘 상참은 이것으로 마치겠소."

"신 등은 이만 물러가겠사옵니다."

"그렇게 하시오."

중신들이 절을 하고는 물러났다. 편전이 비워지자 세자가 조심스럽게 입을 열었다.

"소자, 아바마마께 따로 드릴 말씀이 있사옵니다."

국왕이 두말없이 일어나며 세자의 손을 잡았다.

"아비와 함께 후원을 산책하자."

"예, 아바마마."

부자는 손을 잡고 한참을 걸었다. 그러던 발길이 부용지에 다다를 무렵, 국왕이 입을 열었다.

"오늘 참으로 잘했다."

"무엇을 말이옵니까?"

"중신들과의 대화 말이다."

"아!"

"네가 아무리 달라졌다고 해도 이제 겨우 여섯 살에 불과하다. 보통이라면 이제 겨우 사람의 도리를 알 나이지. 그런데 너는 편전의 중신들 앞에서 너무도 당당하더구나."

세자가 겸양했다.

"아바마마가 계셔서 그럴 수 있었사옵니다."

국왕이 기분 좋게 웃었다.

"허허허! 아비를 높게 봐주니 좋기는 하다. 허나 너는 내가 아니었어도 충분히 대신들을 압도할 수 있었어."

"……."

세자가 바로 답을 하지 않았다. 때로는 침묵이 웅변보다 훨씬 더 값지다는 걸 잘 알기 때문이다.

"솔직히 놀라웠다. 조정 중신들이 누구더냐? 토론을 시작하면 몇 날 며칠이고 멈추지 않을 사람들이다. 그런 중신들을 네가 몇 마디 말로 제압할 줄은 몰랐다."

"중신들이 사안을 너무 일방적으로 바라봐서 그럴 수 있었사옵니다. 그래서 나이 어린 소자의 몇 마디 말에도 쉽게 대응하지 못한 것이고요."

국왕이 고개를 갸웃했다.

"중신들의 시각이 일방적이라면 큰 문제다. 그런데 너는 무엇을 보고 그런 생각을 한 게냐?"

세자가 당당히 소신을 밝혔다.

"중신들은 서양을 양이로 부르며 폄훼합니다. 아예 경원시하는 사람들도 꽤 많고요. 소자가 일방적이라고 한 건 그 때문이옵니다. 당장은 아니더라도 서양은 우리가 상대해야 할 나라입니다. 그런 나라를 높여 보는 것도 문제이지만, 낮춰보는 건 더 큰 문제이옵니다."

"있는 그대로를 보라는 말이구나?"

"그렇사옵니다. 나라가 발전하기 위해서는 지도자들의 사고가 바뀌어야 합니다. 파당을 없애는 건 시간이 필요합니다. 그러나 잘못된 생각을 바꾸는 건 조금만 노력하면 됩니다."

국왕이 고개를 저었다.

"사람의 생각은 쉽게 바뀌지 않는다. 그래서 사람은 고쳐 쓰지 않는다고 했다."

"그래도 노력은 해 봐야지요. 중신들이 서양을 폄훼하는 까닭은 정보의 부재 때문이옵니다. 그리고 일부 서양인의 잘못이 침소봉대되면서 오해가 커진 경우도 있고요."

"직접 경험해 보자는 말이구나."

"예. 미뤄 짐작하는 것처럼 위험하고 어리석은 일이 어디 있겠습니까? 하물며 나라의 명운을 좌우하는 일이면 더 그러하고요."

세자의 말이 논리 정연했다.

부정적이던 국왕도 동조했다.

"옳은 말이다. 허나 우리 조선의 관리들은 세상을 경험할 방법이 없다. 있다고 해 봐야 연경을 다녀오는 게 고작이야."

"그렇습니다. 그래서 이번 일이 중요하다는 겁니다. 화란 상인을 만나서 오해가 더 커질 수도 있을 거예요. 그렇더라도 직접 보고 들으면서 얻는 경험은 이루 말할 수가 없이 귀중하옵니다."

두 사람이 영화당으로 올라갔다. 그리고는 춘당대를 내려다보며 국왕의 손을 들었다.

"춘당대 주변에는 연못이 저렇게 많다. 그 연못 중 중앙에 있는 큰 연못은 비가 오지 않으면 기우제를 지내는 곳이다."

"아바마마께서도 기우제를 지내 보셨어요?"

"그럼. 몇 년 전에는 비가 오지 않아 보름여를 지낸 적도 있었지."

세자가 깜짝 놀랐다.

"보름씩이나요?"

"기우제를 시작하면 비가 올 때까지 계속 지내야 한다. 그렇지 않으면 정성이 부족하다는 소문이 돌며 민심이 크게 흔들린단다."

세자가 고개를 저었다.

"너무 무모하옵니다. 민심을 다독인다는 명분은 있지만, 아바마마의 고초가 너무 크옵니다."

국왕이 너털웃음을 터트렸다.

"허허허! 무모한 것은 맞다. 허나 그 정도는 군주가 감당해야 할 숙명이다. 너도 나중에 보위에 오르면 그렇게 해야 할 때가 있을 게다. 그때는 주저하지 말고 대범하게 받아들이도록 해라."

"그렇게 하겠사옵니다. 그리고 아바마마께 청이 있사옵니다."

국왕이 대번에 알아들었다.

"내일 너도 용산에 가 보고 싶은 게냐?"

"그러하옵니다."

국왕이 선선히 승낙했다.

"그렇게 해라. 앞으로 네가 상무사를 관리하기 위해서라도 저들을 직접 만나 보면 득이 되겠지."

"감사하옵니다."

국왕은 세자의 등을 쓰다듬었다.

"어서 빨리 커라. 그래서 오늘처럼 아비를 도와주었으면 좋겠구나."

"열심히 공부하고 또 노력하겠사옵니다."

"오냐. 그렇게 해라. 아비도 네 말대로 담배도 줄이고 걷기도 많이 하마."

"목욕도 자주 하셔야 하옵니다."

"당연하지. 네 말대로 많이 걸으니 몸에 땀이 찬다. 그래서 요즘은 매일 목욕을 하게 되는구나."

개혁군주

세자가 배꼽 인사를 했다.

"소자의 청을 들어주셔서 감읍하옵니다."

국왕이 대소를 터트렸다.

"하하하! 그렇게 하는 것을 보니 세자가 여섯 살이 맞기는 하구나. 아비는 종종 네가 나 같은 중늙은이라고 착각할 때가 많아."

세자는 속이 뜨끔했다. 그래서 더 아이처럼 목소리를 맑게 했다.

"아바마마, 소자 정말 여섯 살이옵니다."

"하하하! 당연하지. 너는 세상에 하나뿐인 나의 여섯 살 된 아들이고말고."

이러던 국왕이 정색을 했다.

"아비에게 따로 할 말은 무엇이더냐?"

"내일 화란 상인들을 만나면 소자가 직접 저들에게 질문을 하려고 합니다."

"그렇게 해라. 그게 무에 어렵다고 이러는 게냐?"

"그때 소자가 서양 말인 영어로 저들과 대화를 할 것이옵니다."

국왕이 깜짝 놀랐다.

"영어라니? 언제 네가 양이의 말을 배웠단 말이더냐?"

"지난해 정신을 잃었을 때이옵니다."

"아! 네가 미래를 둘러봤을 때 말이더냐?"

"예, 아바마마."

국왕의 표정이 심각해졌다.

"으음! 아비는 괜찮다만 중신들이 어찌 생각할지 문제로구나."

"예. 그래서 소자가 따로 생각한 바가 있사옵니다."

세자는 자신이 생각한 바를 상세히 설명했다.

국왕은 한동안 입을 열지 않았다.

"……경우의수가 너무 많구나. 그런데 왜 그런 생각을 한 것이냐?"

"개혁을 위해서는 조정도 깨어나야 하옵니다. 그러기 위해서는 큰 충격을 주어야 하고요."

국왕이 우려했다.

"네 말은 맞지만, 자칫 큰 혼란이 올 수도 있다."

세자가 자신 있게 대답했다.

"그래서 나이 어린 소자가 하려는 겁니다. 중신들도 소자가 충격을 주면 그걸 가지고 어떻게 문제 삼을 수 있겠사옵니까? 그리고 제가 바뀐 게 열성조의 도움이라고 하는데요."

심각해하던 국왕이 번쩍 깨어난 표정을 지었다.

"그래, 맞다. 열성조께서 도우셨다는 걸 누가 감히 문제 삼을 수 있겠느냐?"

"예. 그것도 나라가 잘되게 하기 위해 그리하셨다고 할 겁니다. 그러면 누구도 문제 삼을 수 없을 것이옵니다."

국왕이 크게 웃었다.

"하하하! 우리 세자가 조정을 들었다 놨다 하는구나. 아비는 네 말을 듣고 당황해할 중신들의 표정이 눈에 선하구나."

이러던 국왕이 크게 고개를 끄덕였다.

"그래, 해 봐라. 지금의 너를 불안한 시선으로 바라보는 사람들도 많다. 그런 시각을 어쩌면 내일 모조리 털어 낼 수도 있겠구나."

"소자는 거기까지 바라지도 않사옵니다. 단지 아바마마와 소자가 하는 개혁이 열성조의 바람이라는 게 널리 알려지기만 해도 되옵니다."

"그래서 개혁에 대한 절대 명분을 얻자는 거지?"

"예, 맞습니다."

"좋은 생각이다. 다른 사람도 아니고 국본인 네가 그 말을 한다면 그 여파는 엄청날 게다."

이러던 국왕이 웃으며 세자를 안았다.

"해 봐라. 아비가 있는데 네가 못 할 일이 무에 있겠느냐."

"황감하옵니다."

"하하하!"

국왕은 웃으며 세자를 꼭 보듬어 주었다. 세자는 그런 국왕의 품이 오늘따라 유난히 더 넓다는 느낌이 들었다.

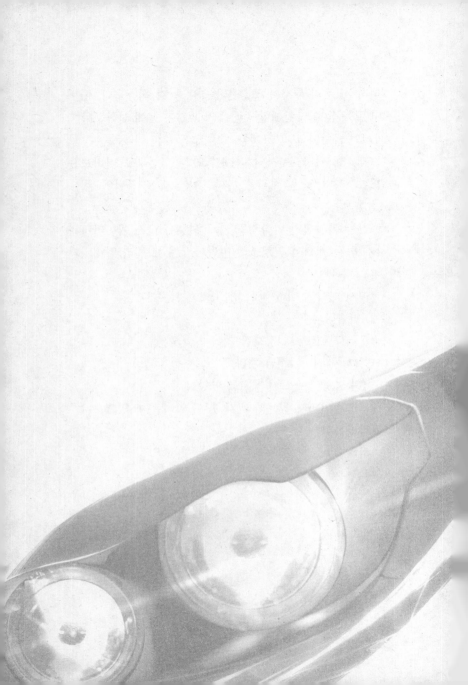

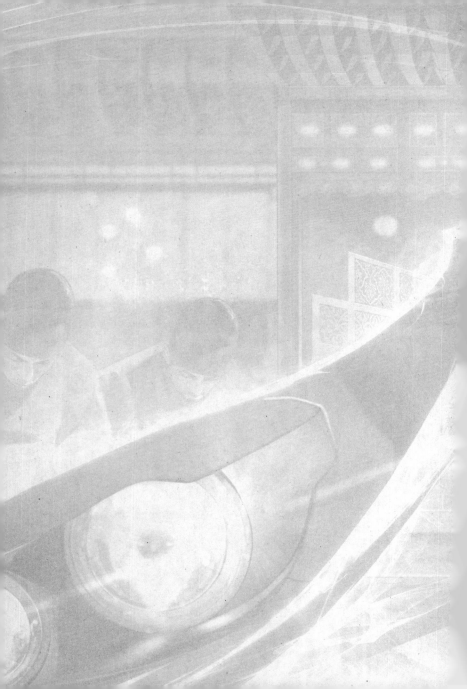

다음 날.

창덕궁은 새벽부터 북적였다. 국왕이 출궁하는 일도 드문데 이번에는 세자와 함께한다.

당연히 준비할 것도 많고, 신경 써야 할 일도 한두 가지가 아니다. 그래도 서두른 덕분에 출궁은 아침을 먹자마자 진행되었다.

국왕은 세자를 위해 별도의 가교(駕轎)를 마련해 주었다. 조선의 왕이 궐 밖 행차를 할 때는 대부분 사람이 지는 연(輦)을 이용한다.

그러나 국왕은 백성의 수고를 덜기 위해 말을 이용한 가교(駕轎)를 주로 이용했다. 가교는 두 마리 말을 앞뒤로 멍에를 매달아 운행한다.

세자는 돈화문을 나올 때부터 잠시도 쉬지 않고 주변을 살폈다. 그런 세자의 눈에 생각지도 않은 모습이 눈에 들어왔다.

'놀랍네. 한양에 기와집이 이렇게 많다니. 구한말 외국인이 찍었던 사진에는 이렇게 많지 않았던 것으로 아는데.'

궁금해진 세자가 이원수를 불렀다.

"좌익위, 한양에 이렇게 기와가 많았어요?"

"그렇사옵니다. 보시는 대로 연도에는 전부 기와집이옵니다."

"그러면 초가는 없나요?"

"초가도 당연히 있지요. 그러나 앞에는 없고 도로에서 조금 들어가야 있습니다."

"그렇군요. 그러면 한양에서 빈민들이 제일 많이 사는 곳은 어디지요?"

"개천 주변입니다."

"개천? 개천이 어디예요?"

"한양을 동서로 가로지르는 수로를 말합니다."

세자가 고개를 갸웃하다 소리쳤다.

"아! 청계천을 개천이라고 하는구나."

"그게 무슨 말씀이시옵니까? 청계천이라니요?"

세자가 손을 저었다.

"아니에요. 그런데 개천이 수로라니요?"

"개천은 처음부터 넓은 하천이 아닙니다. 한양은 분지여서 물이 모였다 동쪽으로 흘러가던 개울이었습니다. 이런 개울을 한양으로 천도하고도 제대로 정비하지 않아 비만 오면 범람을 했었습니다. 그래서 물길을 확장하고 축대도 쌓고 정비를 해서 지금의 개천을 만든 것이지요. 선대왕 시절에는 대대적으로 개천을 준설하고 물길도 지금처럼 직선으로 만들었고요."

"그렇군요."

세자는 주변을 둘러보며 궁금한 점이 있을 때마다 이원수를 찾았다. 이원수는 이런 세자의 질문에 성심껏 대답해 주었다.

어가 행렬이 육의전이 늘어선 종로를 지나 한양을 관통했다. 그러다 다시 방향을 틀어 숭례문으로 향했다.

"충!"

어가 행렬이 숭례문에 도착하니, 경비를 서고 있던 경찰청 병력이 일제히 군례를 올렸다. 이전과는 다른 군기 엄정한 모습에 국왕은 흐뭇하게 웃으며 손을 들어 주었다.

"모두들 고생이 많다."

세자는 모든 게 놀랍고 신기했다.

숭례문을 지나고 얼마쯤 더 가니, 전생의 서울역 일대가 나왔다. 여기서 앞에 있는 고개를 넘으면 마포이고, 좌측으로 방향을 틀면 용산이다.

어가 행렬은 좌측으로 방향을 틀었다.

도로는 한가했으며 집도 많지 않았다. 그래도 한강나루와 연결되어서인지 도로는 넓었다.

그렇게 한동안 내려가던 행렬이 드디어 왼쪽으로 방향을 틀었다.

이원수가 설명했다.

"저하, 이제 곧 용산 병영이옵니다. 저기 보이는 저쪽 일대가 전부 병영이고, 그 일대가 녹사평(錄莎坪)이옵니다. 거기서 한강으로 내려가면 서빙고가 나옵니다."

세자의 전생 기억과 도화서 화원이 그린 그림, 그리고 직접 바라보는 풍경이 겹쳐졌다.

"역시 용산에 병영을 두기를 잘했어요."

이원수도 동조했다.

"그렇사옵니다. 용산은 최고의 전략적 요충지입니다. 더구나 지형도 평지여서 많은 병력을 주둔시킬 수가 있사옵니다."

잠시 후, 목적지에 도착했다.

말이 멈추자 곧바로 나무로 만든 계단이 놓였다. 세자가 이원수의 손을 잡고 계단을 내려왔다.

국왕이 궁금해했다.

"처음으로 가마를 탔는데 어지럽지는 않았느냐?"

"괜찮사옵니다. 가교봉도(駕轎奉導)가 지휘를 잘해서 흔들림이 거의 없었사옵니다."

국왕이 가교를 지휘한 무관을 치하했다.

"애썼다."

무관이 황급히 몸을 숙였다.

"황감하옵니다."

"돌아갈 때도 조심해서 모시도록 해라."

"성심을 다해 받들겠사옵니다."

국왕이 세자의 손을 잡았다.

"가자."

국왕이 앞장을 서니 이십여 명의 대신들이 그 뒤를 따랐다. 그런 국왕 앞에는 일단의 무장들이 대기해 있었다.

훈련대장 서유대가 군례를 올렸다.

장용영 대장이었던 그는 전임인 이경무(李敬懋)가 병으로 체직되면서 새로 훈련대장이 되었다. 국왕은 이런 서유대를 대신해 장인의 동생인 김지묵(金持默)을 장용영 대장에 임명했다.

"충! 어서 오십시오, 전하!"

국왕이 답례를 하며 위로했다.

"서 대장이 고생이 많소. 장용영을 관장하다 갑자기 불러 올려서 과인이 많이 미안하오."

"아니옵니다. 신은 오히려 아주 좋은 기회를 잡았다고 생각했사옵니다."

"오! 그래요?"

"예. 소장이 부임하고 몇 개월 만에 훈국 병력이 환골탈태

했사옵니다. 아직 장용영만큼은 아니지만, 이전에 비하면 면모가 일신되었다고 자부할 수 있사옵니다."

국왕이 크게 기뻐했다.

"허허허! 참으로 기꺼운 소식이외다."

"가시지요. 훈국 병력이 연병장에 도열해 있사옵니다."

"그럽시다."

서유대의 안내를 받아 도착한 연병장에는 훈련도감과 어영청 병력이 도열해 있었다. 그런 병력이 이전과 달라진 점이 바로 눈에 띄었다.

영의정 홍낙성이 놀라워했다.

"대단하군요. 훈국 병력이 저토록 군기 엄정하게 도열해 있는 건 처음 봅니다."

좌의정 채제공도 동조했다.

"그러게 말입니다. 이건 마치 장용영을 보는 것 같소이다."

"예. 군복도 장용영처럼 바뀌어서 그런지 더 그렇게 보이네요."

단상에 오른 국왕이 감탄했다.

"대단하구나. 훈국 병력이 저토록 오와 열을 잘 맞춰 선 모습은 본 적이 없었어."

서유대가 가슴을 폈다.

"소장이 부임하고 불과 몇 개월 만에 병사들이 저렇게 변했사옵니다. 우리 병력이 저렇게 된 것은 전적으로 세자 저하께서 저술하신 제식 교범 덕분이옵니다."

"과찬입니다."

"아닙니다. 아무리 자원이 좋아도 제대로 훈련하지 못하면 오합지졸입니다. 훈국 병력은 전부가 급여를 받는 직업군인입니다. 그런 병력이 기강이 해이하다는 소리를 들어 왔던 건 그들을 제대로 가르칠 교범이 없었기 때문입니다."

국왕도 동조했다.

"서 대장의 말이 옳다. 이 장병들이 정녕 과인이 이전에 봤던 훈국 병력인지 의심스러울 정도로 군기가 엄정하구나."

"전하! 앞으로 나서시어 군례를 받으시옵소서."

"고맙소."

국왕이 단상 앞으로 나갔다. 병력을 지휘하는 제병지휘관이 절도 있게 몸을 돌리고서 구령했다.

"부대 차려! 주상 전하께 대하여 경례."

오천여 병력이 동시에 소리쳤다.

"충!"

연병장이 쩌렁쩌렁 울렸다. 엄청난 소리에 국왕은 물론 단상의 중신들도 깜짝 놀랐다.

그 바람에 국왕이 한 박자 늦게 답례했다.

"바로!"

가슴에 댔던 오른손이 절도 있게 내려졌다. 그런 움직임을 했음에도 몸의 다른 부분은 조금도 움직이지 않았다.

"허허! 놀랍구나."

"이야! 대단하다. 훈국 병력이 저렇게 바뀌다니."

중신들은 너무도 변해 버린 병사들을 보며 저마다 한마디씩 했다. 이런 소리를 들으며 흐뭇해하던 서유대가 다시 나섰다.

"지금부터 분열을 실시할 것입니다. 주상 전하와 세자 저하께서는 의자에 앉아서 기다려 주십시오."

국왕과 세자가 자리에 앉는 동안 병력이 분열을 위해 이동했다. 잠시 후 시작된 절도 있는 행진 모습에 모두가 놀랐다.

세자는 궁금했다.

"서 대장께서 부임하신 지 두 달 정도라고 들었어요. 그 짧은 기간에 장병들을 저렇게 잘 조련하실 줄 몰랐네요. 혹시 다른 비결이 있었나요?"

"별다른 비결은 없었사옵니다. 장용영에서 행한 것처럼 철저하게 제식훈련을 시켜 왔을 뿐이옵니다."

세자가 대번에 말을 알아들었다.

"정신 개조를 했다는 말씀이군요."

서유대가 놀라워했다.

"오! 맞사옵니다. 이전에 갖고 있었던 타성을 바꾸려면 오로지 정신을 뜯어고치는 수밖에 없었습니다. 그래서 철저하게 모든 생활에 제식을 적용시켜 왔고요."

"반발은 없었나요?"

"당연히 있었사옵니다. 훈국 병력은 전부 직업군인들입니다. 그래서 나이 많은 병사들도 상당했지요. 반발은 그런 병사들이 많았습니다."

"그들을 설득하기가 쉽지 않았을 텐데요."

서유대가 고개를 저었다.

"그렇지 않았습니다. 훈련에 반발하는 병사들을 모조리 솎아 내 방출해 버렸습니다. 무관들도 마찬가지고요."

"아예 정리했다고요?"

"수십여 년 타성에 젖어 있는 자들의 정신을 개조하는 건 거의 불가능합니다. 몇 번의 기회를 주었음에도 비협조적이어서 아예 솎아 내 버렸습니다."

"숫자가 적지 않았을 터인데요."

"어영청을 포함하면 거의 천여 명 가까이 되었습니다. 그렇게 병력을 정리하고는 어영청 병력을 통합해 함께 훈련을 실시하고 있습니다."

국왕이 치하했다.

"잘했소. 국록을 받으면서 훈련을 받지 않으려는 자들은 군에 남아 있을 필요가 없어."

"그렇사옵니다. 일차로 병력을 정비했지만, 앞으로도 지시에 불응하는 자들은 철저하게 정리해 나갈 계획입니다. 그래서 훈국을 명실상부한 전하의 부대로 만들겠사옵니다."

국왕의 용안에 와락 불이 일었다.

"고맙소. 이전에도 그랬지만, 앞으로도 과인을 많이 도와주오."

"성심을 다하여 받들겠사옵니다."

잠시 후.

분열이 끝나자 국왕은 장병들에게 푸짐한 음식을 내렸다. 그러고는 서유대의 안내를 받아 이동했다.

네덜란드 상인들이 머물고 있는 곳은 연병장에서 꽤 떨어져 있었다. 서유대가 시설 앞에서 설명을 했다.

"이곳은 본래 잘못을 저지른 병사들을 별도로 훈련시키는 시설입니다. 그래서 담장이 높고 공간도 별로 넓지 않습니다."

세자가 바로 질문했다.

"시설이 열악하나요?"

"그렇지는 않습니다. 군 생활을 하다 보면 크고 작은 잘못을 저지르기 마련입니다. 그런 병사들을 따로 모아서 특별 훈련을 시키는 장소일 뿐입니다."

"군기 훈련대로군요."

서유대가 대번에 호응했다.

"오! 그거 아주 좋은 표현이군요. 허허허! 앞으로는 군기 훈련대라 부르겠습니다."

국왕이 흐뭇하게 대화를 듣다 재촉했다.

"어서 들어가 보자."

"예, 아바마마."

안으로 들어가니 마당에는 수십여 명의 네덜란드 상인들이 미리 나와 있었다. 그런 상인들의 앞에는 그들이 가져온 물건들이 전시되어 있었다.

국왕과 세자가 미리 준비된 자리에 앉았다. 그리고 그 주변으로 중신들이 늘어섰다.

서유대가 신호하자 역관이 나왔다.

"일본말을 할 수 있는 사람이 누구요?"

상인 하나가 나섰다.

"제가 할 줄 압니다."

"여기 이분들은 우리 조선의 하늘이신 주상 전하와 세자 저하요. 그대들은 우리 전하와 저하께 예를 올리도록 하시오."

통역을 맡은 상인이 시몬스를 찾았다.

"앉아 있는 사람들이 이 나라 국왕과 세자인데 예를 표하라고 합니다. 어떻게 할까요?"

"일본처럼 절을 하라는 말인가 보네. 자! 모두 일어나 내가 가르쳐 준 대로 절을 하자."

그의 말을 들은 상인과 선원들이 쭈뼛거리며 일어났다. 그러다 동시에 큰절을 했다.

그 모습을 본 사람들이 깜짝 놀랐다. 세자도 놀라긴 마찬가지였는데, 갑자기 머릿속이 번쩍했다.

'맞다. 일본에서는 네덜란드 상인이 몇 년에 한 번씩 에도 막부로 올라가 쇼군을 알현하잖아. 저들 중 누군가가 그런

경험이 있나 보구나.'

이런 생각을 하며 세자는 이내 침착해졌다. 그러나 국왕과 중신들은 그게 아니었다.

"아니, 어떻게 저들이 우리처럼 절을 하는 거야?"

"그러게 말이외다. 양이들이 절을 한다는 말은 들어 본 적이 없는데, 신기한 일이오."

"저들이 일본과 교역을 한다고 하니, 그런 와중에 우리 예절을 알게 된 건가?"

중신들이 웅성거리는 동안 절을 마친 네덜란드 상인들이 모두 무릎을 꿇었다.

시몬스가 자신을 소개했다.

"조선의 국왕께 화란에서 온 상인이 인사드리옵니다. 제 이름은 헨드리크 시몬스라고 합니다."

이러고는 다시 몸을 굽혔다.

역관은 시몬스의 이름을 제대로 발음하지 못했다.

그러자 세자가 나섰다.

"앞의 이름은 발음이 어려우니 그냥 시몬스라고 하면 돼요."

시몬스가 감탄했다.

"그렇습니다. 그냥 시몬스라고 부르면 됩니다."

국왕이 질문했다.

"너희가 화란 상인이란 보고는 받았다. 그런데 어떻게 해서 난파가 된 것인지 경위를 말해 봐라."

"저희는 화란 상인이 맞습니다. 본래는 남방의 바타비아에서 출발해 일본의 나가사키로 가려 했었습니다. 그러다 나가사키를 하루 앞두고 풍랑을 만나 귀국에 난파되었습니다."

"모두가 상인이냐?"

"아닙니다. 제 옆에 있는 사람들은 상인이고, 뒤에 있는 사람들은 선원들입니다."

"무슨 물건을 주로 교역하느냐?"

"저희는 주로 후추와 같은 향신료와 서양의 각종 서적과 기계 문물을 가져다 팝니다. 그리고 일본에서는 도자기와 각종 특산품을 수입해 서양에 가져다 팔고 있습니다."

후추란 말에 중신들이 술렁였다. 그러자 시몬스가 앞에 전시된 물건 중 자루 하나를 가리켰다.

"이 자루에 있는 물건이 특상의 후추입니다. 저는 이 후추를 국왕께 바쳐 사은하겠습니다."

국왕이 놀랐다.

"귀한 후추를 진상하겠다는 거냐?"

"저희를 구난해 주신 답례이옵니다."

국왕이 고개를 저었다.

"네 정성은 갸륵하다. 허나 저렇게 많은 후추를 답례로 받을 수는 없다. 우리 조선에서 후추는 쉽게 주고받을 수 없는 귀한 물건이다."

"다른 나라에서도 후추가 귀한 건 맞습니다. 허나 아무리 귀하다고 해도 어찌 사람의 목숨만하겠사옵니까? 그러니 너그러이 해량하시어 저희의 정성을 받아 주십시오."

영의정 홍낙성이 나섰다.

"전하, 저들의 정성이 갸륵하니 받아들이시지요."

국왕이 고개를 저었다.

"너무 많소이다. 금보다 귀한 후추를 저렇게 큰 자루로 받는다는 건 과례요."

"아무리 비싸다고 해도 사람 목숨만하겠사옵니까?"

시몬스에 이어 홍낙성도 같은 말을 했다. 그러자 국왕이 잠깐 고심하다 고개를 끄덕였다.

"역관은 과인이 고맙게 받겠다는 말을 전하라."

국왕과 영의정의 대화를 듣고 있던 역관이 바로 몸을 숙였다.

"우리 전하께서 그대의 정성을 받아들이겠다고 하셨습니다."

시몬스가 정중히 몸을 숙였다.

"감사는 오히려 저희가 드려야 합니다."

윤시동이 나섰다.

"너희가 일본과의 교역을 독점한다고 들었다. 일본은 본시 쇄국정책을 실시하고 있는데, 어떻게 해서 그렇게 된 거냐?"

"우리가 일본과 교역하기 전에는 포르투갈이란 나라가 먼저 독점을 했었습니다. 그런데 그들은 교역을 하면서 천주교를 전파하려 했고요. 그로 인해 일본에서 천주교 신자들이 급격히 불어났습니다."

곳곳에서 혀 차는 소리가 들렸다.

"그것을 알게 된 에도막부의 쇼군이 포르투갈 상인들을 모두 추방했습니다. 그러면서 교역장도 폐쇄하고는, 종교 전파를 하지 않는 우리를 따로 불러들이게 된 것입니다."

윤시동이 거듭 확인했다.

"정녕 너희들은 천주교와 관계가 없단 말이냐?"

"없습니다. 우리는 천주교를 믿지도 않고 전파하지도 않습니다."

"으음! 그렇다면 하는 수 없지."

윤시동이 한발 물러났다. 그러자 다른 중신들의 질문 공세가 시작되었다.

역관을 두고 하는 대화는 쉽지 않다. 특히 일본어를 거쳐야 해서, 질문과 답변이 잘못 전달되는 경우도 많았다. 그로 인해 몇 번이고 같은 말을 반복하기도 했다.

시몬스는 중신들의 질문에 진땀을 뺐다. 혼자서 여럿을 상대해야 했고, 질문하는 내용이 중구난방이었기 때문이다.

보다 못한 국왕이 나섰다.

"그만들 하시오. 한 사람을 상대로 질문이 너무 많으면 제대로 된 답을 듣기 어렵소이다. 궁금한 점이 많겠지만 오늘은 그만하고 다음에 다시 날을 잡도록 하시오."

국왕이 채신없이 달려드는 중신들을 은근히 나무랐다. 그제야 중신들이 헛기침을 하며 물러났다.

주변이 잠잠해지자 세자가 일어났다.

"아바마마, 소자가 몇 마디 질문할 게 있사옵니다."

"세자도 질문을 하려고?"

"예. 소자는 역관 없이 질문을 해 보려고 합니다."

국왕이 일부러 놀란 척했다.

"역관 없이 어떻게 질문을 하려고 하느냐?"

"할 수 있사옵니다."

"좋다. 그러면 직접 한번 해 봐라."

승낙을 받은 세자가 절을 했다. 그러고는 천천히 걸어 네덜란드 상인들 앞으로 가서 섰다.

그러고는 분명하게 물었다.

"Anyone who can speaks English?"

순간, 주변이 조용해졌다.

국왕과 중신들은 대경실색했다. 네덜란드 상인들은 귀에 익은 영어에 두 눈이 찢어질 듯 커졌다.

세자가 한 번 더 질문했다.

"누가 영어를 할 수 있지요?"

시몬스가 손을 들었다.

"제가 할 수 있습니다."

세자의 표정이 환해졌다.

"반갑네요. 나는 영어를 할 수 있는 사람이 없을지 몰라 걱정했었어요. 그런데 내 말을 제대로 알아들을 수 있나요?"

개혁군주

"발음이 어색하고 말투가 이상하지만, 충분히 알아들을 수 있습니다."

"다행이군요. 내가 하는 영어가 그대가 알고 있는 거와는 약간 다를 수도 있습니다. 그러니 그 점은 이해해 주었으면 합니다."

"의사 전달만 되면 됩니다. 그런데 세자께서는 어디서 영어를 배운 것이지요?"

"누구에게 배운 게 아니에요. 어느 날 갑자기 꿈을 꾸다 알게 되었어요."

시몬스가 어이없어했다.

"이해가 되지 않습니다. 어떻게 꿈에서 외국어를 배울 수 있습니까?"

세자가 싱긋이 웃었다.

"세상에는 우리가 모르는 일이 너무도 많아요. 그대도 항해를 하다 보면 그런 경험을 적잖이 했을 터인데요."

"더러 있기는 했습니다."

"그것 보세요. 우리가 세상을 잘 알고 있다고 생각하지만, 실제로는 모르는 일투성이지요. 나는 지금까지 대궐 밖을 나온 적이 없어요. 그리고 본국에는 영어 책자는 단 한 권도 없고요. 그런 내가 어디서 영어를 배웠겠어요? 더구나 내 나이 이제 겨우 여섯 살에 불과한데요."

시몬스는 깜짝 놀랐다.

"예? 겨우 여섯 살이라고요."

"그래요, 여섯."

"하!"

시몬스는 당장 무슨 말을 해야 할지 몰랐다. 그렇다고 추궁할 수도 없는 상황이어서, 이내 체념하며 고개를 끄덕였다.

"말씀대로 세상은 모르는 일투성이입니다. 그런 세상에서 세자님과 같은 일이 생기지 말라는 법은 없지요."

"그래요. 그러니 그 부분은 넘어갑시다. 나는 지금 그대에게 묻고 싶은 게 많아요."

"질문하십시오. 제가 아는 모든 것을 말씀드리겠습니다."

"우선은 그대가 가진 지식을 알고 싶어요. 그래서 그대들의 물건과 책자를 가져오라고 한 것이고요."

시몬스가 널려 있는 물건으로 시선을 돌렸다.

"저도 그러실 거 같았습니다. 그래서 배에서 사용하는 물건과 저희의 개인 소지품을 이렇게 가져왔습니다."

세자가 물건을 죽 둘러봤다.

그들이 가져온 물건은 쓸모 있는 물건이 별로 없었다. 그러다 눈에 띄는 게 있어서 집어 들었다.

"이건 해도군요."

"그렇사옵니다. 바타비아와 동양 일대가 그려진 해도이옵니다."

지도를 살피던 세자가 고개를 갸웃했다.

"그런데 우리 조선이 기형적으로 그려졌네요."

"그럴 수밖에 없습니다. 지금까지 아무도 조선을 와 본 사람이 없었으니까요."

"그렇겠네요."

그러면서 세자가 다른 물건을 살폈다.

"이건 나침반이고……. 오! 이게 바로 육분의로군요?"

시몬스가 깜짝 놀랐다.

"아니! 육분의는 어떻게 아십니까?"

"태양이나 달의 고도를 측정해 운항하는 배의 위치를 파악하는 관측기구 아닌가요?"

시몬스가 탄성을 터트렸다.

"오오! 정말 놀랍습니다. 동양에서 해양 관측기구를 아는 분이 있을 줄 몰랐습니다. 그런데 그런 분이 한 나라의 세자라니 더욱 놀랍습니다."

화란 상인들도 크게 술렁였다. 이들도 시몬스만큼은 아니지만, 기본적인 영어는 모두 할 줄 알았다.

화란 상인들이 술렁이자 국왕이 손을 들었다.

"세자야, 그 기계가 무엇이기에 저들이 이토록 놀라느냐?"

세자가 몸을 돌려 설명했다.

"이 기계는 바다를 항해할 때 배의 위치를 측정하는 기구입니다. 이름은 육분의라고 하며, 우리가 사는 지구를 나눠서 관측하옵니다."

역관을 통해 설명을 들은 시몬스가 격찬했다.

"참으로 대단합니다. 이 기계를 제대로 알고 있는 동양인은 처음입니다. 그런데 그런 사람이 조선의 세자라니 더 놀랍네요. 그리고 이렇게 어리실 줄은 생각지도 못했습니다."

역관을 통해 칭찬을 들은 국왕은 기뻐했다. 그런 국왕의 주변에 서 있던 중신들은 술렁였다.

그러던 중신 중 한 명이 나섰다.

우의정 유언호였다.

"전하! 여쭙고 싶은 게 있사옵니다."

"말해 보시오."

"세자 저하께서 서양인과 대화한 말은 도대체 어느 나라 말이옵니까? 저들 중에도 그 말을 잘하는 사람이 별로 없는 거 같은데 너무도 이상하옵니다."

국왕도 고개를 저었다.

"글쎄요. 과인도 처음 듣는 말이어서 뭐가 뭔지 모르겠소이다."

유언호가 세자에게 직접 질문했다.

"저하께서 대답해 주시지요. 도대체 어디서 배우신 말이옵니까?"

주변의 시선이 일제히 쏠렸다.

이렇듯 시선이 집중되면 강심장이라도 움츠러들기 마련이다. 그러나 전생에서 다양한 정치무대를 경험해 본 세자는 조금도 위축되지 않았다.

당당한 세자의 태도에 중신들이 오히려 크게 놀랐다. 국왕
도 처음에는 세자가 위축될 것을 저어해 중단시키려 하다가
이내 생각을 거뒀다.

세자가 통역을 바라봤다.

"역관은 내 말을 서양인들에게 통역하지 마시오."

"명심하겠사옵니다."

세자가 잠깐 생각했다 말을 시작했다.

"내가 지난해부터 바뀌었다는 걸 모르는 중신들은 없을 거
예요."

모두가 고개를 끄덕였다.

"지난해, 내가 갑자기 사흘 동안 정신을 잃은 적이 있었지
요. 그때 나는 그냥 정신만 잃은 게 아니라, 열성조의 도움으
로 미래에 대한 천기를 들여다보게 되었어요."

천기란 말에 중신들이 크게 술렁였다. 그런 중신 중 누군
가 말을 하려 하자 세자가 단호히 손을 들었다.

"내 말을 모두 듣고 말씀하세요."

"아, 알겠습니다."

"정신을 잃었던 동안, 나는 수십여 년의 미래 시간을 경험
했어요."

세자는 국왕에게 했던 설명보다 더 각색했다. 당연히 중신
들은 하나같이 경악했다.

"······그렇게 나는 새로운 지식과 다양한 신기술을 접하고 익힐 수 있었지요. 그런 와중에 영어도 배울 수 있었던 것이고요."

자세히 설명하지 않았다. 그럼에도 한동안 좌중은 무거운 침묵이 내려앉았다.

중신들은 믿지 않을 수가 없었다.

1년여 동안 세자가 해 온 일이 많았다. 하나같이 대단한 일이고, 쉽게 설명도 납득도 되지 않았다.

그런데 드디어 그 이유를 알게 되었다. 세자가 열성조의 도움으로 꿈에서 보고 배웠다고 한다.

중신들은 이 말을 믿을 수도, 믿지 않을 수도 없었다. 세자는 중신들의 반응을 기다리지 않았다.

"나에 관해 묻고 싶은 것이 많을 겁니다. 아바마마께서 허락해 주신다면 그에 대한 이야기를 따로 할 기회가 있을 겁니다. 그러니 오늘은 여기 있는 화란 상인들과의 대화에 주력했으면 합니다."

영의정 홍낙성이 나섰다.

"몇 마디만 질문하겠습니다."

"그렇게 하세요."

"저하께서 만드신 물건도 거기서 얻은 지식에 의한 겁니까?"

"그렇습니다."

"군사 교범도요?"

"그렇습니다. 그리고 강화도에서 추진하는 제약 사업과 기술 개발도 전부 그 경험의 산물입니다."

"그럼 천연두가 정말 예방이 되옵니까?"

"그뿐이 아닙니다. 종두법을 지속적으로 시행하면 종내에는 천연두가 이 나라에서 사라집니다."

중신들이 크게 술렁였다.

세자의 설명이 이어졌다.

"그동안의 노력으로 불을 자동으로 밝히는 기물이 곧 완성됩니다. 그리고 벼와 보리, 밀 등 낟알을 자동으로 탈곡하는 기계도요. 새로운 형태의 도자기도요."

중신들의 술렁임은 더 커졌으며, 다시 누군가 나서려 했다.

그걸 국왕이 제지했다.

"그만들 하시오. 오늘은 그 일로 여기 온 게 아님을 명심하시오. 세자는 질문을 다시 시작하라."

세자가 몸을 숙였다.

"황감하옵니다."

세자가 몸을 돌려 시몬스와 눈이 마주쳤다.

"혹시 영어로 된 책을 갖고 있습니까?"

시몬스가 고개를 저었다.

"바타비아에는 꽤 많지만, 지금은 없습니다."

그러면서 무릎을 꿇은 다리를 주물렀다. 그 모습을 본 세자가 의자를 가져오게 했다.

이어서 국왕의 윤허를 받아 중신들에게도 의자가 제공되었다. 그러면서 본격적인 대화가 진행되었다.

세자는 먼저 사관을 불렀다. 그러고는 대화 내용을 일일이 통역해 주며 전부 기록하게 했다.

이런 세자의 세심함과 노련함에 중신들은 또다시 놀랐다.

중신들 대부분은 별다른 기대 없이 용산에 왔다. 양이를 본다는 호기심이 거의 전부였다.

그런 그들은 달라진 훈련도감 병력을 보며 놀랐다.

이어서 세자의 영어 구사에 경악했다. 그뿐이 아니라 놀라울 정도로 침착하고 정연한 행동과 말투에 더 놀랐다.

중신들의 놀라움은 여기서 그치지 않았다.

그들에게 상인이란 그저 돈만 아는 천것에 불과했다. 언제라도 손짓만 하면 뒷돈이 생기고, 적당한 이권을 주며 인연을 이어 가다 잘라 내도 무방한 존재들이었다.

그런데 화란 상인들은 달랐다.

세자의 질문에 거침없이 청국과 일본 정세를 설명했다. 나아가 남방의 정세는 물론, 서역으로 불리는 인도에 대해서도 해박했다.

그리고 항해술과 기술 과학에 대한 박식함도 놀라웠다. 여기에 간간이 대화에 참여하는 다른 상인들도 결코 무지하지 않아서 더 놀랐다.

그래서 몇몇 중신들이 참지 못해 질문했다.

"저하! 저 상인들의 지식이 실로 대단한데, 혹시 특별한 자들이옵니까?"

세자가 고개를 저었다.

"아닙니다. 바타비아라는 남방에서 일본의 나가사키와, 때로는 청국의 광주를 오가며 장사를 하는 보통 상인들입니다."

"그런데 어떻게 저렇게 깊은 지식을 알고 있는 것이옵니까?"

"경험의 산물이지요. 이들은 다른 나라와 교역하며 그 나라의 정보를 입수합니다. 그리고 그런 정보를 바탕으로 새로운 교역을 펼치고요."

"외국과 많은 교류를 해서 그렇다는 말이군요."

"그렇습니다."

중신들은 세자의 설명과 화란 상인들의 대화를 들으며 느끼는 점이 많았다. 그러나 아직은 느낌을 현실화하기 위해서는 갈 길이 멀다는 걸 세자는 모르지 않았다.

그래서 적당한 때 대화를 중단했다.

"아바마마, 오늘은 이만하는 게 좋을 것 같사옵니다."

국왕도 같은 생각이었다.

"수고했다. 그러면 다음에는 어떻게 해 주었으면 좋겠느냐?"

"오늘 우리가 여기에 온 목적은 완수한 것 같습니다. 이들의 실상은 이 정도면 충분합니다. 다음부터는 동궁으로 따로 불러 교류를 이어 나갔으면 하옵니다."

"좋은 생각이다. 너와 내가 여길 자주 오면 좋겠지만 현실은 녹록지 않다."

"예. 소자도 아바마마의 거둥에 수천여 명이 움직여야 한다는 걸 처음 알았사옵니다. 외국에 대한 정보도 중하지만 우리 백성의 고단함이 더 중요하니, 앞으로는 이들을 대궐로 부르겠사옵니다."

국왕이 파안대소했다.

"하하하! 옳다. 세자의 말이 옳다. 아무리 귀하다 해도 백성의 수고로움보다 귀한 건 없다."

국왕의 선언 같은 말에 중신들이 전부 동조했다.

통역을 통해 말을 들은 시몬스는 매우 놀랐다.

'놀랍구나. 동양에서 이렇게 국민을 생각하는 군주가 있다니. 이런 군주와 세자가 있는 조선이 앞으로 어떻게 발전할지 궁금하구나.'

다른 상인들도 마찬가지였다. 이들은 서로를 돌아보며 국왕과 세자의 애민 정신에 대해 놀라워했다.

이날의 만남은 이렇게 끝났다.

❁

다음 날.

시강원 조강은 대개 사부 중 한 명이 돌아가면서 수업에 참여한다. 그리고 종3품 보덕(輔德)을 비롯한 다섯 명이 수업을 전담한다.

그런데 이날은 사부와 빈객이 모조리 몰려왔다. 그 바람에 성정각은 이른 아침부터 북적였다.

영의정 홍낙성이 섭섭해했다.

"저하! 그런 일이 있었다면 신에게도 미리 말씀을 해 주시지 않고요."

좌의정 채제공도 거들었다.

"영상의 말씀이 맞습니다. 다른 사람도 아니고 신들에게는 사실대로 말을 해 주셨어야 합니다."

세자가 고개를 숙였다.

"그 점은 송구하옵니다. 그런데 제가 사실을 말씀드렸다면 사부님들께서는 쉽게 믿지 않으셨을 거예요. 그래서 쉽게 말씀을 드리지 못했던 거고요."

채제공이 인정했다.

"……듣고 보니 저하의 말씀도 일리가 있군요."

홍낙성이 나섰다.

"저하! 신 등은 저하께서 꿈에서 겪은 일들을 소상히 듣고 싶습니다. 어떻게 설명해 주실 수 있겠습니까?"

세자가 고개를 저었다.

"쉽지 않은 일이에요. 정신을 잃은 건 고작 사흘이지만, 나는 그사이 수십여 년을 겪었습니다. 그 긴 기간을 일조일석에 다 말할 수는 없어요. 그리고 설명을 하려면 사부님들만이 아니라 다른 이들에게도 계속 설명해야 하는데, 그걸 내가 어떻게 감당하겠어요."

세자의 말에 다들 아쉬워했다. 그러나 세자의 말이 현실이었기에 닦달할 수도 없었다.

세자가 대안을 제시했다.

"그렇다고 제가 겪은 일을 덮어 두기에는 보고 들은 것 중에 충격적인 게 정말 많아요. 그래서 경험담을 기행문으로 엮으려고 해요."

채제공이 반색을 했다.

"오! 그거 좋은 생각이옵니다. 그런데 시간이 얼마나 걸리겠습니까?"

"기록은 정음으로 할 것이며, 대략 한 달 정도면 충분히 정리할 수 있을 거예요. 그래서 저는 그 일을 여기 계신 보덕 이하 교수들과 함께하려고 합니다."

이러면서 생각을 간략히 밝혔다.

영의정 홍낙성이 바로 동의했다.

"좋은 생각이시옵니다. 전하께서 먼저 감수하신 후 이들에게 필사를 시키면, 짧은 시간에 다량의 책자를 생산해 낼 수 있을 것이옵니다."

"예. 그러니 궁금하시더라도 그때까지는 참아 주셨으면 합니다."

세자가 이렇게 말을 하는데 안 된다고 할 수는 없었다. 시

개혁군주

강원의 사부들은 질문하고 싶은 게 한가득이었지만 어쩔 수 없이 고개를 숙였다.

"알겠습니다."

세자는 내심 안도했다. 그러고는 다른 날보다 더 열심히 경전을 들여다봤다.

그렇게 오전 시간을 보낸 세자는 가벼운 점심을 들고서 잠시 휴식을 취하고 있었다.

그런 세자에게 김 내관이 다가왔다.

"저하! 화란 상인들이 상무사로 들었사옵니다."

세자가 벌떡 일어났다.

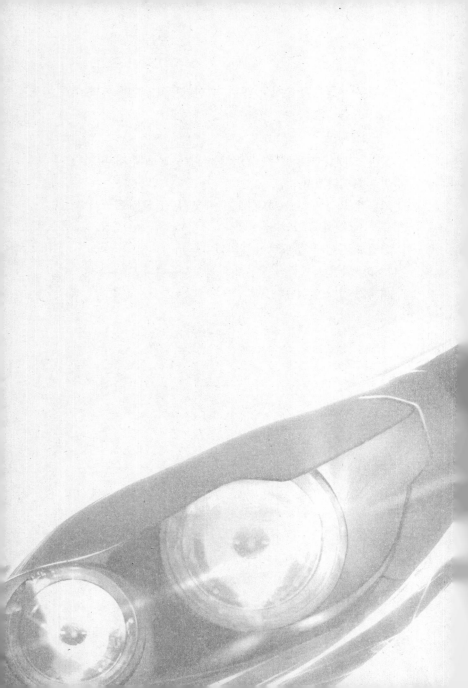

준비된 교역

세자가 상무사로 넘어가니, 네덜란드 상인 몇과 선장 등이 들어와 있었다. 그들 네 명은 전부 조선의 관복을 착용하고 있었다.

세자를 본 상인들이 급히 일어났다. 그들에게 세자가 먼저 다가가 손을 내밀었다.

"어서들 오세요."

동양의 풍습대로 절을 하려던 시몬스와 일행은 깜짝 놀랐다. 동양에서 악수를 하자고 손을 내민 경우는 한 번도 없었기 때문이다.

그런 그를 보며 세자가 설명했다.

"나는 서양에서 악수가 어떤 의미인지 알고 있어요. 그래서 일부러 손을 내민 거예요."

"그렇습니까?"

시몬스가 조심스럽게 손을 마주 잡았다. 세자가 동행한 사람들과도 악수를 하고서 자리를 권했다.

"다들 이리 앉으세요."

시몬스는 의자 배열을 보고 놀랐다.

세자가 궁금해했다.

"왜 그렇게 놀라지요?"

"저는 에도 막부에서 쇼군을 배알한 적이 있습니다. 그때 쇼군은 우리와는 한참 떨어진 상석에 앉아 있었습니다. 그런데 세자께서는 우리와 같은 탁자에 앉으시니 어찌 놀라지 않겠습니까?"

"하하! 일본도 격식을 많이 찾는가 보네요. 맞아요. 우리 조선도 제대로 격식을 찾으면 세자와 상인이 이런 식으로 앉지는 않아요."

"역시 그렇군요."

"허나 그건 지금까지의 경우이고, 앞으로 그런 허례는 천천히 없애 나갈 겁니다. 지금 우리가 이렇게 함께 앉은 것처럼 말이지요."

"아!"

시몬스는 묘한 감동이 밀려왔다. 그런 느낌은 다른 두 명도 같았는지 얼굴이 붉어졌다.

개혁군주

"지금부터 그대들과 허심탄회한 대화를 하고 싶은데, 괜찮겠어요?"

시몬스의 목소리가 높아졌다.

"물론입니다. 무엇이든지 서슴지 말고 질문하십시오."

세자가 싱긋이 웃었다. 자신이 악수를 자청한 소기의 목적을 달성했기 때문이다.

"우리 조선은 지난해부터 대외 교역을 준비해 왔어요. 그래서 수도인 한양과 가까운 강화도에 여러 가지로 준비를 하는 중이랍니다."

시몬스의 눈이 커졌다.

"그러면 개항하실 것이옵니까?"

"아쉽지만 아직은 아니에요. 허나 이제부터 대외 교역에 본격적으로 뛰어들려고 합니다."

시몬스가 조심스럽게 의문을 제기했다.

"송구하오나 조선은 청국의 속국으로 알고 있습니다. 그런 조선이 대외 교역을 하려면 청국의 승낙을 받아야 하는 거 아닙니까?"

세자가 단호히 고개를 저었다.

"본국은 엄연한 자주국이고 독립국입니다. 청국을 섬기는 건 동양 외교의 전통 때문이에요. 물론 서양의 시각으로 봤을 때 종속관계라고 볼 수도 있지만, 실상은 다릅니다."

"그렇군요."

"그리고 공연한 잡음이 있을 것을 우려해 금년 초 이미 청국의 동의를 받아 두었어요."

시몬스가 크게 고개를 끄덕였다.

"그러면 별문제가 없겠군요. 그런데 왜 바로 대외 교역을 시작하지 않으신 겁니까?"

"우리 조선은 국초 이래 계속 쇄국정책을 시행해 왔지요. 그런 시절이 벌써 400여 년입니다."

시몬스가 바로 알아들었다.

"그랬군요. 그렇게 긴 시간 고립되어 있었으면 준비할 게 한두 가지가 아니겠습니다."

"그렇습니다. 그래서 본래는 금년까지 준비를 하고 내년부터 교역에 나서려고 했었어요. 그 대상이 첫 번째는 청국 광주였고, 다음으로는 나가사키, 그리고 세 번째로 귀국의 바타비아였지요. 그러다 인도까지 진출하는 게 일차 계획이었지요."

시몬스가 눈을 크게 떴다.

"바타비아도 아십니까?"

"직접 가 보지는 않았지만, 자바섬에 있는 건 알고 있지요."

"놀라운 일입니다. 영어를 이토록 잘하시는 것도 대단한데, 남방 사정도 이렇게 해박하신 줄 몰랐습니다."

세자가 얼른 말을 돌렸다.

"그렇게 준비하고 있던 차에 그대들이 난파해 온 거예요.

참으로 절묘한 시기에 말이지요."

"절묘하다는 말씀은 저희에게 요구하실 게 있다는 말씀입니까?"

이번에는 세자가 감탄했다.

"역시 상인답게 말의 행간을 잘 파악하는군요. 맞습니다. 나는 여러분이 동의하면 아주 큰 거래를 하려고 합니다. 아마도 그 거래는 여러분의 일생에 영광이 될 것이며, 실익도 클 거예요."

시몬스가 침을 꿀꺽 삼켰다.

"저희에게 무엇을 바라시는 겁니까?"

"그것보다 본국과 거래를 할 생각은 있나요?"

시몬스가 동행자들을 둘러봤다. 그의 시선을 받은 두 사람은 영어를 알아들을 수 있었기에 두말없이 고개를 끄덕였다.

"좋습니다. 제안을 받아들이겠습니다."

"그러면 다시 한번 질문하지요. 내 제안을 개인적으로 받아들이는 건가요? 아니면 네덜란드 동인도회사의 직원으로서 받아들이는 건가요?"

네 명의 네덜란드인은 깜짝 놀랐다.

"세자께서는 동인도회사도 아십니까?"

세자가 오히려 어리둥절해했다.

"그대들이 살고 있는 바타비아가 네덜란드 동인도의 수도 아닌가요? 그리고 그런 바타비아를 총독이 다스리고 있잖아요?"

시몬스가 말까지 더듬었다.

"마, 맞습니다."

세자가 일부러 전생의 지식을 드러낸 건 상대의 기를 죽이기 위함이었다.

이런 세자의 생각은 정확히 맞아떨어져서 네덜란드 상인들을 당황하게 했다.

"그대들은 어떤 대답을 내놓을 건가요?"

시몬스가 정색을 했다.

"총독께서 저에게 부여해 준 권한에 따라, 네덜란드 동인도회사의 이름으로 귀국의 제안을 받아들이겠습니다."

"그런 대답을 할 줄 알았어요. 내가 알고 있는 정보로는 네덜란드 동인도회사는 오래전부터 우리와 교역을 하려고 노력했다고 하더군요. 만일 그대들이 돌아가면 그 노력을 성공시킨 상인으로 기록될 겁니다."

시몬스가 고개를 저었다.

"정말 모르시는 게 없군요. 맞습니다. 우리 회사가 귀국과 거래하려고 오랫동안 노력한 게 맞습니다. 그러나 요즘은 내부 사정이 생겨 그런 노력을 하지는 않고 있습니다."

"좋습니다. 그러면 지금부터 진지하게 무엇을 거래할지를 논의해 봐요."

"그렇게 하시지요."

"내가 알기로 바타비아에는 동인도회사가 만든 조선소가

있다고 들었어요. 그 조선소에서는 천 톤 이상의 범선도 건조할 수 있고요."

시몬스가 허탈한 표정을 지었다.

"허허허! 그런 것까지 아십니까?"

세자는 그의 말을 슬쩍 넘겼다.

"그 바타비아 조선소는 나라에 관계없이 배를 건조해 준다고 들었는데 맞나요?"

시몬스가 눈을 꽉 감았다 떴다.

"맞습니다. 서양 제국(諸國) 중 우리만이 유일하게 선박을 타국에 매매합니다."

"본국의 배는 연안용이지요. 그로 인해 크다고 해 봐야 삼백여 톤 정도이고요. 그래서 원양항해를 하기에는 적당하지 않아, 먼저 귀사에 천 톤급 범선 세 척을 발주하려고 합니다."

시몬스가 확인했다.

"군선은 아니겠지요?"

"물론입니다. 하지만 전열함이 아닌 다음에야 상선과 군선의 차별이 있을까요?"

시몬스도 세자의 의견에 동의했다.

"그렇기는 합니다. 상선도 기본적인 무장을 갖추고 있으니까요."

"어떻게, 범선 주문을 받아들이겠습니까?"

"그렇게 하겠습니다. 솔직히 말씀드려 바타비아 조선소에는 이미 건조해 둔 범선도 있고, 거의 만들어진 범선도 있습니다."

세자가 반색했다.

"오! 그렇다면 일이 빨라지겠네요."

"그런데 우리가 범선을 동양 국가에 판매하는 건 처음입니다. 그래서 이 문제는 바타비아로 돌아가서 내부 협의를 거쳐야 합니다."

"당연히 그래야겠지요. 우리도 우리에 맞는 범선을 제작해야 하니만큼 추가 협의도 해야 하고요."

"역시 세밀한 부분까지 잘 아시는군요."

세자가 슬쩍 기대치를 높여 주었다.

"귀사의 건조 능력이 좋다면 추가 발주가 이어질 수가 있음을 알고 계세요."

"추가라면 얼마나 발주하실 예정이신지요?"

세자가 전각을 둘러봤다.

"이곳은 본국 최초로 만들어진 대외 교역 회사인 상무사예요. 조선의 세자인 내가 이 상무사를 관장하고 있다는 건 무엇을 의미하겠습니까?"

시몬스가 침을 꿀꺽 삼켰다.

"그렇다면……."

"예. 생각하는 그대로입니다. 본국도 조선소가 있어서 언젠가는 우리 스스로 배를 건조하겠지요. 허나 건조 기술을 전수

개혁군주

받는 몇 년간은 지속적으로 귀사에 범선 발주를 할 겁니다."

"몇 년간이나요?"

"그렇습니다. 그 대신 요구 사항이 있습니다."

시몬스가 대번에 알아들었다.

"범선 건조 기술과 해양 항해 기술을 알려 달라는 말씀이 지요?"

"그렇습니다."

"그 점은 조금도 걱정하지 마십시오. 귀국이 범선을 지속적으로 발주해 준다는 확약만 있으면 책임지고 전수해 드리겠습니다."

"상선의 기본 무장도 함께 넘겨주셔야 합니다."

"그거야 당연한 일입니다."

세자는 이렇게 먼저 물건을 주문했다. 그것도 큰 수익이 나는 범선 주문이어서 네덜란드 상인들을 흥분시켰다.

세자의 말이 이어졌다.

"이제부터 우리가 팔 물건을 소개해야겠네요."

시몬스가 관심을 보이기는 했다. 하지만 세자는 그의 관심이 생각보다 크지 않은 것에 주목했다.

"어떤 특산품을 팔고 싶으신 겁니까?"

이들은 여느 동양 국가처럼 조선도 특산품을 거래할 거라 미뤄 짐작했다.

세자는 고개를 저었다.

"잘못 생각하셨네요. 우리가 팔 물건은 특산품이 아니라 공산품입니다."

시몬스가 깜짝 놀랐다.

"공산품이라니요? 조선에 공업 제품을 생산하는 공장이 있다는 말씀입니까?"

"당연히 있지요. 아직은 제대로 된 동력원이 없어서 대규모 공장은 없지만요."

시몬스가 고개를 갸웃하며 질문했다.

"제대로 된 동력원이라면 혹시 증기기관을 말씀하십니까?"

세자가 싱긋 웃었다.

"역시 눈치가 빠르시군요. 맞습니다."

시몬스가 고개를 저었다.

"이제는 놀랄 기력도 없네요. 세자께서 증기기관까지 알고 계실 줄은 정말 몰랐습니다."

세자가 계면쩍은 표정을 지었다.

"증기기관이 개발된 지 100여 년입니다. 서양에 조금만 관심이 있는 사람이라면 그 정도는 알고 있지요."

"그렇지 않습니다. 일본에서도 증기기관을 아는 사람은 극히 드뭅니다. 우리와 벌써 200여 년을 교역했는데도 불구하고요."

"내가 알기로 요즘은 일본에서도 서양 지식을 배우려는 사람들이 꽤 많다고 하던데요."

시몬스가 깜짝 놀랐다. 그러더니 조심스러운 목소리로 확인했다.

"혹시 귀국에서 일본으로 첩자를 파견하고 계십니까?"

세자가 손을 저었다.

"아닙니다. 우리는 지금까지 일본과 직교역을 한 적조차 없어요."

"그런데 어떻게 그런 정보를 아시는 거지요?"

세자가 적당히 말을 둘러댔다.

"지난해부터 우리가 대외 교역을 준비해 왔었지요. 그래서 청국으로 사람을 파견해 서양과 각국 사정을 파악해 왔고요. 그러던 중 청국의 광주에서 정보를 입수했답니다."

세자의 설명이 시몬스에게 먹혔다.

그가 감탄하며 치켜세웠다.

"놀랍습니다. 귀국의 사전 준비가 그 정도로 치밀할 줄 몰랐습니다. 앞으로 귀국과의 교역이 기대됩니다. 맞습니다. 일본에서는 서양 지식을 연구하는 학자들이 부쩍 늘고 있습니다."

시몬스는 일본의 움직임을 상세히 전달했다. 그러면서 부족한 부분은 동행한 상인들에게 확인해서 알려 주는 성의까지 보였다.

세자는 그런 설명을 최대한 기록했다. 그러고는 설명이 끝나자 인사를 잊지 않았다.

"좋은 정보를 주어서 고맙습니다."

"별말씀을 다 하십니다. 앞으로 많은 교역을 해야 하는 귀국에 이 정도 정보는 당연히 알려 드려야지요. 그런데 세자께서 말씀하신 공산품을 볼 수 있을까요?"

"오늘 당장은 곤란합니다."

시몬스가 크게 실망했다. 그것을 본 세자가 웃으며 사정을 설명했다.

"하하! 다른 뜻이 있어서 그런 건 아니고요. 며칠 전 새로운 물건을 개발했다는 보고를 받았어요. 그래서 그 물건의 견본이 들어오면 한꺼번에 보여 주려는 겁니다."

"그렇다면 다행입니다."

세자가 제안했다.

"우리는 서양의 여러 물건이 필요합니다. 이런 물건을 중개해 주실 수 있겠지요? 필요한 비용은 전부 우리가 부담하지요."

"물론입니다. 그런 일을 맡겨 주시면 저희가 오히려 고맙지요."

"그리고 귀사에 소속된 과학자나 기술자를 초빙할 수 있겠습니까?"

"기술 전수를 바라시는 거로군요."

"그렇습니다."

시몬스가 잠시 생각하다 대답했다.

"소속된 과학자는 없습니다. 허나 기술자들은 꽤 많습니다."

"과학자가 없는 게 아쉽네요. 그러면 그런 기술자들을 파견해 줄 수 있나요?"

시몬스가 선선히 동의했다.

"해외 근무를 원하는 사람들은 그렇게 해 드릴 수 있습니다. 허나 요즘 본국의 사정이 만만치 않아 어떻게 될지는 장담을 할 수가 없네요."

순간 떠오르는 내용이 있었다.

'맞아. 지금 시기라면 네덜란드가 프랑스의 속국이 되었을 때야.'

세자는 모른 척 질문했다.

"귀사의 본국이 무슨 문제가 있습니까?"

시몬스가 한숨을 내쉬었다.

"유럽은 지금 전쟁의 소용돌이에 휘말려 있지요. 그런 전쟁의 발단은 프랑스에서 일어난 시민혁명 때문이고요."

그가 유럽 사정을 간략히 설명했다.

"……그로 인해 본국은 프랑스의 간섭을 받는 지경에 이르렀지요."

세자가 위로했다.

"안타까운 일이군요. 그러나 내가 아는 네덜란드는 저력이 있어서 곧 환란을 이겨 낼 겁니다."

"고마운 말씀입니다. 그래서 기술자 파견을 쉽게 장담을 드리지 못하는 겁니다."

"그러면 이렇게 하는 건 어떻겠습니까?"

"좋은 의견이 있습니까?"

세자가 먼저 확인했다.

"그대의 설명을 따르면 귀국은 영국과 우호 관계로 보이는데, 맞습니까?"

"그렇습니다."

"그러면 우선 귀사가 할 수 있는 것을 먼저 시행하세요. 그러면서 우리에게 필요한 영국 물건 구입을 대행해 주시고요."

시몬스가 바로 동의했다.

"그 정도는 충분히 해 드릴 수 있습니다. 그런데 무엇을 어떻게 해 드리면 되겠습니까?"

세자가 준비한 목록을 건넸다. 그것을 받아 읽은 시몬스가 탄성을 터트렸다.

"하! 놀랍습니다. 이렇게 많은 준비를 해 놓았을 줄 몰랐네요. 귀국은 대외 교역을 국가 발전의 원동력으로 삼으려고 하는군요."

세자가 숨기지 않았다.

"잘 보셨습니다. 그대의 지적대로 우리는 대외 교역을 국가 발전의 발판으로 삼으려고 합니다. 그래서 수입하려는 자원과 기술은 전부 국가 발전을 위해 필요한 것들이지요. 어떻게 수입 대행이 가능하겠습니까?"

"가능은 합니다. 그런데 무기 제작에 필요한 공작기계와 제철 기술은 기밀로 취급됩니다. 그런 기술을 도입하려면 많은 비용을 지불해야 할 겁니다."

세자가 장담했다.

"우리는 대외 교역을 위해 다양한 준비를 해 왔지요. 그러니 비용은 걱정하지 않아도 됩니다."

"그렇다면 맡아서 해 보겠습니다."

세자가 크게 기뻐했다.

"잘 생각하셨어요. 우리와의 거래를 결정한 것은 그대들이 평생 동안 해 온 거래 중 분명 최고가 될 겁니다."

"그렇게 되었으면 저희도 좋겠습니다."

대화를 듣고 있던 다른 상인이 나섰다.

"그런데 귀국의 공산품은 언제 볼 수 있나요?"

"내일 물건이 들어옵니다. 그러면 먼저 검수부터 해야 하니 모레에 보여 드리도록 하지요."

"알겠습니다."

세자가 부탁했다.

"지금부터는 유럽의 상황에 대해 설명해 주었으면 해요."

시몬스가 동의했다.

"알겠습니다. 저희가 알고 있는 모든 정보를 알려 드리겠습니다."

세자는 설명을 쉽게 하라고 유럽 지도를 탁자에 펼쳤다.

그 지도를 본 시몬스는 놀라워했고, 그러면서 설명이 시작되었다.

세자는 중요한 부분은 기록을 했다. 그러면서 의문스러운 부분은 보충 질문을 했다.

시몬스와 네덜란드 사람들은 이런 세자의 열정에 감복했다. 그 바람에 유럽의 정세는 물론, 기본적인 항해술 등을 시연까지 하면서 알려 주었다.

이날 저녁

북촌 심환지의 저택으로 여러 사람이 모였다. 그렇게 모인 사람들의 표정은 하나같이 침중했다.

심환지가 김종수의 병환을 안타까워했다.

"본래는 봉조하 대감댁에 모여야 하는데 대감께서 편찮으셔서 이리로 모셨소이다."

방 안에 모인 사람들도 하나같이 걱정을 했다. 사람들의 말이 끝날 즈음 심환지가 나섰다.

"여러분을 모신 까닭은 다들 짐작들 하고 계실 겁니다. 양이들이 도성을, 그것도 대궐을 버젓이 드나들고 있소이다. 이러한 작금의 사정을 어떻게 처리해야 할지에 대한 고견을 말씀해 주셨으면 합니다."

우의정 유언호가 나섰다.

"주상과 세자가 합심해서 추진하는 일이외다. 그런 일을 어떻게 반대할 수 있겠소이까. 설령 반대를 한다고 해도 실익은 없고 정치적 부담만 얻을 것이오."

"대감께서는 그냥 두고 보자는 말씀이옵니까?"

유언호가 고개를 저었다.

"지금으로선 다른 방도가 없어요. 그리고 여러분들께서도 세자 저하께서 어떻게 양이들을 상대하셨는지 모두 보시지 않으셨소이까?"

윤시동이 강하게 반발했다.

"저하께서 특별하시다는 걸 모르지는 않습니다. 허나 그렇다고 해서 잘못을 지적하지 않는 것은 더 큰 문제입니다."

"무엇을 잘못했다는 말이지요?"

"우리 조선은 예의지국입니다. 그런데 주상 전하와 세자 저하께서는 양이들의 문물을 들여오려고 합니다. 그리되면 우리의 미풍양속을 제대로 지켜 낼 수 있겠습니까?"

유언호가 고개를 저었다.

"윤 대감의 우려는 십분 이해합니다. 그러나 그런 일은 일어나지 않아요."

"왜 그렇게 장담을 하시지요?"

"강화도가 있지 않습니까? 서양 문물이 들어온다고 해도 강화도에서 먼저 걸러집니다."

의외로 심환지가 동조했다.

"그건 유 대감의 말씀이 맞는 거 같소이다. 나라의 기강이 흐트러지는 문물은 주상 전하께서 결코 그냥 두시지 않을 거외다."

윤시동이 얼굴을 붉히며 헛기침을 했다.

"험! 험! 두 분이 그렇다면 맞겠지요."

벽파 지도자들의 성향은 강성이었다. 그래서 대부분의 문제는 쉽게 의견이 통일되었다.

그런데 이번에는 파열음이 먼저 나왔다. 그것도 개혁을 바라보는 시각에서 차이가 난 것이다.

방 안 사람들 대부분은 수십여 년 동안 정치를 해 온 사람들이다. 그래서 민감한 시기에 발생한 차이가 어떤 문제가 있는지 모르지 않았다.

처음부터 불협화음이 나온 탓에 이날 회합은 합의점도 찾지 못하고 끝났다. 그로 인해 돌아가는 사람들의 발걸음은 그 어느 때보다 무거웠다.

❀

이틀 후.

다시 네덜란드 상인을 불러들였다.

"어서들 오세요."

"불러 주셔서 감사합니다."

이틀 만에 찾아온 네덜란드 상인들의 얼굴에는 기대감이 하나 가득했다.

세자가 그들을 보며 웃었다.

"하하! 모두들 얼굴이 밝은 것을 보니 무슨 좋은 일이 있나 봅니다."

시몬스가 농담을 받았다.

"당연히 좋은 일이 있지요. 오늘은 그동안 만든 공산품을 보여 주시기로 하지 않습니까? 그 바람에 어제 잠까지 설쳤답니다."

세자가 다시 농담했다.

"큰일이네요. 기대가 크면 실망도 클 텐데."

"하하하! 그래도 괜찮습니다. 저희는 세자님을 만난 것만으로도 최고의 거래는 이미 달성했습니다."

"그렇게 생각하신다니 다행이네요."

세자가 손짓을 했다. 대기하고 있던 내관들이 여러 상자를 탁자에 올려놓았다.

"준비하신 게 꽤 많군요."

"다행히 준비하고 있던 물건 몇 개를 한꺼번에 완성했네요. 그래서 이번에 첫선을 보일 수 있게 되었습니다."

이러면서 세자가 큰 상자를 지목했다.

"김 내관, 이것부터 열어 봐."

그렇게 열린 상자에는 작은 자기병이 수십 개 들어 있었다.

세자가 그중 하나를 꺼내서는 뚜껑을 열었다. 그러고는 막대로 병에 든 용액을 찍어 냈다.

"혹시 몸에 상처가 난 사람이 있나요?"

네덜란드 상인 중 한 명이 나섰다.

"난파되는 과정에 팔을 다쳤습니다."

"상처를 한번 볼까요?"

상인이 옷을 걷자 꽤 깊은 상처가 드러났다. 그런데 제대로 처지를 하지 않아 덧나 있었다.

"이런! 아무런 치료도 하지 않았나 보군요."

시몬스가 안타까워했다.

"배에 의사가 타고 있지 않아서 제대로 된 치료를 하지 못했습니다."

세자가 상처를 들여다봤다.

"우선 깨끗한 물로 씻어야겠네요."

세자의 지시에 김 내관은 상인을 데리고 나가 상처를 깨끗이 씻었다. 그러고는 깨끗한 천으로 상처를 닦게 하고는 상처와 그 주변에 약을 발랐다.

"으으!"

"쓰라리고 따가울 거예요. 잠깐 참으면 통증이 가라앉을 겁니다."

그러고는 몇 번이고 덧발랐다. 시간이 지나면서 처음에는 붉은색을 띠던 약재가 노랗게 변했다.

"이 약물은 이렇듯 상처를 아물게 하는 효과를 갖고 있지요."

세자가 약효에 대해 짧게 설명했다. 설명을 듣던 시몬스가 깜짝 놀랐다.

"설명하신 대로라면 이건 획기적인 약품이군요."

"다른 건 차치하고 상처가 잘 아물고 덧나지 않게 하는 효과는 분명합니다."

시몬스가 바로 알아들었다.

"자상이나 총상에도 효과가 좋겠네요."

"그게 장점이지요. 그리고 오십 대 일로 희석해서 입을 헹구면 치통에도 효험이 있답니다. 그러나 절대 음용하면 안 되고요."

"오오! 치통도요."

"주의할 점은 착색이 되니 조심해서 사용해야 하지요. 특히 화상에 바르면 피부색이 아예 변하니 절대 사용하면 안 되고요."

이때, 상처에 용액을 바른 상인이 소리쳤다.

"상처가 조여드는 느낌이 듭니다!"

"그게 치료되는 반응입니다. 이 약을 수시로 환부에 바르고 마를 때까지 기다렸다 붕대를 자주 갈면 더 이상 덧나지는 않을 거예요."

"감사합니다."

시몬스가 궁금해했다.

"이 약의 이름이 무엇인가요?"

"치료용 소독제인데 이름을 아직 붙이지는 않았어요."

"음! 그러면 제가 이름을 붙여도 되겠습니까?"

"그렇게 하세요. 단, 우리가 판매하는 물품은 따로 이름을 붙일 겁니다."

"알겠습니다. 그런데 가격은 얼마나……?"

"하하하! 나머지를 다 보고 결정을 하지요. 어쨌든 서양에는 없는 약품이니 가져가면 잘 팔리지 않겠어요?"

시몬스가 욕심을 냈다.

"그렇습니다. 그리고 솔직히 이 정도라면 소독제가 아니라 그냥 치료제로 사용해도 전혀 문제가 되지 않을 거 같습니다. 이 약제만큼은 제게 독점 판권을 주셨으면 합니다."

세자가 핵심을 짚었다.

"유럽 전역이 전쟁 중이라더니, 판매를 걱정하지 않는군요."

시몬스가 부인하지 않았다.

"그렇습니다. 전쟁에서 작은 부상을 제대로 치료 못 해서 죽는 경우가 허다합니다. 불구가 되는 경우도 허다하고요. 만일 이 약제가 공급되면 불필요한 희생을 크게 줄일 수 있을 것 같습니다."

"맞습니다. 나도 사람들의 건강을 위해 이 약제를 가장 먼저 개발하게 되었지요."

"귀국의 국민에게도 유용한 약제라서 그러셨군요."

"그렇습니다."

"공급에는 문제가 없습니까?"

약제의 원료는 해초였다. 그 덕에 원료 걱정이 없던 터라 세자의 대답은 바로 나왔다.

"양산은 당장이라도 가능합니다. 그러니 그 부분은 걱정하지 않아도 됩니다."

"알겠습니다. 그래도 가격이 어느 정도인지는 알려 주셨으면 합니다."

세자가 손을 들어 제지했다.

"적정한 값을 받을 터이니 걱정 마세요. 우선은 다른 제품부터 보고요."

"그렇게 하겠습니다."

처음부터 생각지도 않은 물건을 봐서인지 네덜란드상인들의 눈이 빛났다.

그런 시선을 받으면서 세자가 다음 상자를 개봉했다. 그 상자에는 자동연필과 연필이 들어 있었다.

연필과 비슷한 형태의 물건은 유럽에도 있었다. 그러나 제대로 된 연필을 처음 본 네덜란드 상인들은 열광했다. 특히 황동으로 만든 자동연필에 대해서는 더 열광했다.

그러다 다른 상자에 든 내용물을 보고는 다들 어리둥절해했다.

"이게 무슨 물건이지요?"

"이 물건은 성냥이라고 합니다."

세자가 종이 상자에 들어 있는 성냥을 꺼내 상자 옆을 마찰했다.

착!

시몬스가 탄성을 터트렸다.

"오! 이거 놀랍군요!"

"직접 해 보시지요."

네덜란드 상인들은 성냥을 갖고 돌아가면서 불을 켜 보며 놀라워했다. 그러고는 김 내관과 익위사의 무관들에게도 건네져 그들을 감탄케 했다.

한바탕 시연이 끝나고 세자가 생각을 밝혔다.

"이 성냥은 보기에는 간단해 보이지만 여러 기술이 접목되어 있습니다. 그래서 나는 이 성냥과 자동연필 등 우리가 개발한 공산품을 서양 각국에 특허로 등록하고 싶습니다."

시몬스가 침음했다.

"으음! 특허 제도까지 알고 계셨군요."

"예. 그리고 이 성냥은 물에 취약하다는 단점이 있어요. 그래서 나는 특허를 등록하게 되면 귀사와 합작 생산을 하려고 합니다."

합작이라는 말에 시몬스의 눈이 번쩍 뜨였다.

"그게 정말입니까?"

"물론이지요. 그 대신 청국과 일본은 우리가 직접 거래를 할 겁니다."

"그거야 당연히 그래야겠지요. 그러면 어떤 식으로 합작을 하실 겁니까?"

"원료는 우리가 만들어 드리는 게 좋을 거예요. 어차피 귀사도 재료를 수집해서 그걸 배합 비율대로 만들어야 하니까요."

"그러면 귀국은 원료를 공급하고 우리가 그걸 갖고 유럽에서 제품을 생산하라는 말씀이군요."

"꼭 유럽이 아니어도 됩니다. 수익은 적절히 비율을 정해 분배하면 될 것이고요. 참고로 이 건만큼은 수익에 큰 욕심을 부리지 않을 겁니다."

시몬스가 고개를 갸웃했다.

"수익을 바라지 않는 거래를 하신다고요?"

"그 대신 귀사가 우리 일을 대행해 주는 데 최선을 다해 주기를 바랍니다. 그 조건으로 수익 배분은 귀사에 일임하겠습니다."

시몬스는 크게 감동했다.

"성냥은 분명 필수 불가결한 물건이 될 겁니다. 당연히 수익도 상당히 발생할 것이고요. 그런 수익을 포기하면서까지 통큰 결단을 해 주신 점에 대해 회사를 대표해 감사드립니다."

그가 약속했다.

"앞으로 귀국을 대신하는 일에 대해서는 최소한의 경비만 청구하겠습니다. 이러한 내용은 바타비아 총독 각하의 승인을 받아서 제출하겠습니다."

세자가 한발 더 양보했다.

"고마운 일이네요. 허나 너무 각박하게 경비를 청구하지 마세요. 그러면 오히려 실익이 없어지게 되니 그 점도 유념해 주셨으면 합니다."

네덜란드 상인들은 일제히 고개를 숙였다.

"명심하겠습니다."

이후 몇 가지 물건이 더 선보였다.

그런 물건 중 투명해서 빛이 투과되는 골회 자기에 대해서도 큰 관심을 보였다. 의외인 점은 인삼과 홍삼에 대해서는 큰 관심을 보이지 않았다는 것이다.

그렇게 물건을 다 선을 보이고 나서 세자가 확인했다.

"물건 발주는 어떻게 했으면 좋겠어요?"

시몬스가 기다렸다는 듯 제안했다.

"이렇게 하면 어떻겠습니까? 먼저 우리가 타고 온 배를 수리부터 해 주십시오. 식량과 소모품도 공급해 주시고요. 그러면 저희 물건 중 후추와 같이 귀국에도 필요한 향신료와 물건을 원가로 계산을 해서, 그에 대한 비용으로 넘겨드리겠습니다."

"원가로 계산해 주면 너무 손해가 아닌가요? 그리고 난파당한 배는 무상으로 수리를 해 주는 게 원칙입니다."

시몬스가 강하게 나갔다.

"아닙니다. 우리들의 목숨을 구해 주신 것만 해도 감지덕지입니다. 지금까지 환대도 받았고요. 그리고 배를 수리하려면 고생하는 사람들도 있으니만큼, 그렇게 정산을 했으면 합니다."

"그러면 우리만 일방적으로 득을 보는데요."

시몬스가 웃으며 말을 이었다.

"귀국이 만든 공산품의 견본을 넉넉히 주셨으면 합니다. 그 물건에 대한 대금도 당연히 지급하겠습니다."

잠시 생각하던 세자가 역제안을 했다.

"이렇게 하시지요. 견본을 최대한 많이 선적해 드리지요. 유럽 전역에 뿌려도 될 정도로요. 그 대신 그대들이 거래하지 못하는 지역은 우리가 직접 거래하겠습니다."

시몬스가 바로 결정했다.

"그렇게 하십시오. 직접 거래가 어렵고 중간 상인을 두어야 하는 지역은 양보하겠습니다. 그 대신 사전에 조율을 해 주셨으면 합니다."

"그렇게 하겠습니다. 그리고 그대들이 돌아갈 때 본국 선원과 선박을 구입할 책임자를 함께 보내겠습니다."

"아! 바타비아에서 선박 구입을 바로 결정하자는 말씀이군요."

"그렇습니다. 그대들이 협조해 주면 청국과의 교역도 바로 진행할 수 있게요. 아울러 귀사는 자금 운용에 큰 도움이 될 것이고요."

이 사안도 시몬스가 바로 받아들였다.

"좋습니다. 그렇게 하겠습니다."

이어서 몇 가지 문제점이 거론되었고, 그 부분도 일사천리로 진행되었다.

세자가 궁금해했다.

"그런데 이런 협상을 바타비아 총독의 승인을 받지 않고 계약을 해도 됩니까?"

시몬스가 자신했다.

"조금도 걱정하지 마십시오. 솔직히 말씀드리면 지금 우리 회사의 사정이 별로 좋지 않습니다. 그런 상황에서 귀국과의 교역은 새로운 돌파구나 마찬가지여서, 총독께서도 절대 반대하지 않으실 것입니다. 그리고 제 위치가 이런 계약 정도는 추진할 정도는 됩니다."

세자가 웃으며 손을 내밀었다.

"그렇다면 다행이네요. 앞으로 잘 부탁드려요."

시몬스도 손을 맞잡고 화답했다.

"저희가 오히려 부탁드려야지요."

"자! 그러면 지금부터 계약서를 작성해 볼까요?"

"좋습니다."

계약서는 그 자리에서 작성되었다. 계약은 논의할 사항이 워낙 많아 이틀에 걸쳐 진행되었다.

개혁군주

모든 과정은 빠짐없이 국왕에게 보고되었다. 상당히 큰 계약이었다. 물량도 엄청나고, 왕실의 힘이 실릴 만큼의 많은 자금도 필요했다.

그런데 놀라운 일이 일어났다.

다음 권으로 이어집니다

南魔宮帝 남궁마제

문운도 신무협 장편소설

**회귀한 뇌왕, 가족을 지키기 위해
정파의 중심에서 제대로 흑화하다!**

세상을 뒤집으려는 귀천성에 맞서 싸우다
가족을 모두 잃고 제물로 바쳐진 뇌왕 남궁진화
마지막 순간 원수의 뒤통수를 치고 죽으려 했으나
제물을 바치는 진법이 뒤틀리며 과거로 회귀하다!?

남궁세가의 양자가 된 어린 시절로 돌아온 후
귀천성이 노리는 자신의 체질을 연구하다 기연을 얻고
회귀 전과 다른 엄청난 미모와 함께
뇌전의 비밀마저 알아내 경지를 뛰어넘는데……

**가족들에게는 꽃처럼 사랑스러운 막내지만
적이라면 일단 패고 보는 패악질의 끝판왕!
귀천성 때려잡기에 나서다!**

꿈의 도약, 로크에서 하십시오
(주)로크미디어에서 신인 작가를 모십니다

즐거운 세상, 로크미디어는 꿈을 사랑하고 도전을 두려워하지 않는 작가 분들의 참신한 작품을 기다리고 있습니다. 21세기 장르 문학계를 이끌어 갈 차세대 선두 주자 (주)로크미디어에서 여러분의 나래를 활짝 펴 보시길 바랍니다.

모집 분야 판타지와 무협을 포함한 장르 문학
모집 대상 아마추어 작가, 인터넷 작가
모집 기한 수시 모집
   작품 접수 시 유의 사항
   1. 파일명은 작가명_작품명.hwp형식을 갖춰 주십시오.
   1. 파일에 들어갈 내용은 다음과 같습니다.
      ─ 성명(필명인 경우 실명을 밝혀 주세요), 연락처, 이메일 주소
      ─ 제목, 기획 의도
      ─ A4용지 1장 분량의 등장인물 소개
      ─ A4용지 2장 분량의 전체 줄거리
      ─ 본문
   1. 작품이 인터넷에 연재되고 있다면, 게시판명과 사이트의 구체적이고 정확한 주소를 기재해 주십시오.

선택된 작품은 정식 계약 후 출판물로 간행되어 전국 서점에 유통됩니다.
작가 분은 (주)로크미디어의 전폭적인 지원하에 전속 작가로 활동하시게 됩니다.
※ 자세한 내용은 로크미디어 홈페이지(rokmedia.com)를 참조하세요.

(03920)서울시 마포구 성암로 330 DMC첨단산업센터 3층 318호
(주)로크미디어 편집부 신간 기획 담당자 앞
전화 : 02) 3273-5135
www.rokmedia.com   이메일 : rokmedia@empas.com

윤진한 변호사

이해날 현대 판타지 장편소설

『어게인 마이 라이프』의 작가 이해날,
당신의 즐거움을 보장할
초특급 신작으로 돌아왔다!

아버지의 복수를 위해
악랄한 변호사가 되었으나 대기업에 처리당한 윤진한
로펌 입사 전으로 회귀하다!

죽음 끝에서 천재적인 두뇌를 얻은 그는
대기업의 후계자 경쟁을 이용해
원수들의 흔적마저 지우기로 결심하는데……

악마 같은 변호사가 그려 내는
두 번의 인생에 걸친 원수 파멸극!